陕西省重大文化精品项目
陕西省作家协会主题创作扶持项目

新时代乡村振兴三部曲

# 国家战略

延安脱贫的真正秘密

邢小俊 著

陕西师范大学出版总社

图书代号：WX21N1060

**图书在版编目(CIP)数据**

国家战略：延安脱贫的真正秘密 / 邢小俊著. —西安：陕西师范大学出版总社有限公司，2021.7
（新时代乡村振兴三部曲）
ISBN 978-7-5695-2239-6

Ⅰ. ①国… Ⅱ. ①邢… Ⅲ. ①报告文学—中国—当代 Ⅳ. ①I25

中国版本图书馆CIP数据核字（2021）第101780号

## 国家战略：延安脱贫的真正秘密
GUOJIA ZHANLÜE：YAN'AN TUOPIN DE ZHENZHENG MIMI

邢小俊　著

| | |
|---|---|
| 出版统筹 | 刘东风　郭永新 |
| 责任编辑 | 张　佩　郑　萍 |
| 责任校对 | 王雅琨 |
| 封面设计 | 张潇伊 |
| 出版发行 | 陕西师范大学出版总社 |
| | （西安市长安南路199号　邮编 710062） |
| 网　　址 | http://www.snupg.com |
| 印　　刷 | 中煤地西安地图制印有限公司 |
| 开　　本 | 710mm×1020mm　1/16 |
| 印　　张 | 14.5 |
| 插　　页 | 1 |
| 字　　数 | 190千 |
| 版　　次 | 2021年7月第1版 |
| 印　　次 | 2021年7月第1次印刷 |
| 书　　号 | ISBN 978-7-5695-2239-6 |
| 定　　价 | 58.00元 |

读者购书、书店添货或发现印装质量问题，请与本公司营销部联系、调换。
电话：（029）85307864　85303629　传真：（029）85303879

今年春节前夕，我去了延安、去了梁家河，看看听听，真是旧貌换新颜了。我前不久访问美国时就用这个故事来解释中国梦。

——习近平2015年11月27日，在中央扶贫开发工作会议上的讲话

# 引　言

八年间，中国832个贫困县全部摘帽，近1亿贫困人口实现脱贫。

这就是当代发生在中国的故事。作为世界上最大的发展中国家，中国始终把脱贫攻坚摆在治国理政的突出位置。中国共产党成立百年、新中国成立七十多年、改革开放四十多年，脱贫攻坚是党和国家矢志不移的初心，也是习近平总书记治国理政长期思考的民生问题。

党的十八大拉开了新时代脱贫攻坚的序幕，在以习近平同志为核心的党中央坚强领导下，把脱贫攻坚纳入"五位一体"总体布局和"四个全面"战略布局，采取一系列具有原创性、独特性的重大举措，组织实施了人类历史上规模空前、力度最大、惠及人口最多的脱贫攻坚战。

2013年，党中央提出精准扶贫理念，创新扶贫工作机制。

2015年，党中央召开扶贫开发工作会议，提出实现脱贫攻坚目标的总体要求，实行扶持对象精准、措施到户精准、项目安排精准、资金使用精准、因村派人（第一书记）精准、脱贫成效精准"六个精准"，实行发展生产脱贫一批、易地搬迁脱贫一批、生态补偿脱贫一批、发展教育脱贫一批、社会保障兜底一批"五个一批"，发出打赢脱贫攻坚战的总攻令。

党的十九大，把"精准脱贫"明确为对全面建成小康社会最具有决定性意义的三大攻坚战之一。锚定全面建成小康社会目标，聚力攻克深度贫困堡垒，决战决胜脱贫攻坚。

中国执政党，在习近平总书记的扶贫思想指引下，带领着全球约五分之一的人口，克服新冠肺炎疫情和特大洪涝灾害带来的影响，动员全党全国全社会力量对贫穷进行最后一战！

## 庄严承诺

坚决打赢打好脱贫这场攻坚战，是党对人民的庄严承诺。一诺千金，国内外皆知，没有任何讨价还价的余地。

中国共产党执政体系上的各层"链条"全面转动，动员全社会力量广泛参与扶贫事业，支持各类企业、社会组织、个人参与脱贫攻坚，全国上下尽锐出战，精准发力，发起总攻，在2020年坚决夺取脱贫攻坚全面胜利。

面对紧迫形势，从中央经济工作会议，到中央农村工作会议，再到国务院扶贫开发领导小组全体会议，从北京的中南海到贫困村的村头，以习近平同志为核心的党中央把握全局、运筹帷幄，对新时期我国扶贫开发工作进行了一系列战略部署。

从2015年到2020年，围绕打赢脱贫攻坚战的阶段性重点任务，习近平总书记连续召开7个专题会议系统部署、压茬推进，50多次调研扶贫工作，走遍全国14个集中连片特困地区，坚持看真贫，坚持了解"真扶贫、扶真贫、脱真贫"的实际情况，同贫困群众面对面聊家常、算细账，亲身感受脱贫攻坚带来的巨大变化。

2020年如期打赢脱贫攻坚战，对全面建成小康社会、实现我党第一个百年奋斗目标意义深远。

2020年如期打赢脱贫攻坚战，这在中华民族几千年历史发展上将是首次整体消除绝对贫困现象，对中华民族、对整个人类都具有重大意义。

"实现农村贫困人口不愁吃、不愁穿，农村贫困人口义务教育、基本医疗、住房安全有保障……"

"一个也不能少，每个梦都要圆，幸福小康的大路上，谁都不落单！"啃碎硬骨头，打赢攻坚战，让世界瞩目。

"打赢"就是要一个人都不落，"全力"就是要每个地方都不松懈。

通过"精准扶贫"，干部进村入户，精准识别出贫困人口9899万，全部建档立卡，瞄准帮扶对象精准发力。

在广袤的中国大地上，各级党委、政府累计300多万名第一书记和驻村干部、25.5万个驻村工作队、数百万名基层工作者，各类企业、社会组织、"农村职业经理人"，浩浩荡荡，士气高昂，共同走在这场伟大工程的"赶考"路上。他们在脱贫攻坚前线形成的磅礴合力，决战于没有硝烟的战场，兑现了中国共产党对历史的庄严承诺，留下这个星球上扶贫助弱的世纪回响……

"人心齐，泰山移。"这是一场人类历史上前所未有的工程和波澜壮阔的行动。脱贫致富不仅仅是贫困地区的事，更是全社会的事；不仅仅是中国亿万人民自觉投入的社会实践，更是整个社会的历史使命。

这是一场进入读秒时间的决战！每年要脱贫约1000万人，意味着每月脱贫要达到近100万人，每分钟脱贫约20人。

## 延安脱贫

历史上的延安也曾水草丰美、牛羊衔尾。明、清以来，滥垦滥牧、战乱致使生态几近崩溃，乡村生态陷入"越穷越垦、越垦越穷，越牧越荒、越荒越牧"的"怪圈"。千百年来，勤劳的延安人民面对恶劣的自然条件、薄弱的经济基础、各种突然奔袭的自然灾难，始终无法撼动贫困的根基！

让土地不再荒凉，生活不再贫苦，成为一代代延安人民的渴望与求索！

20世纪70年代，延安仍然没有从极端贫困中解放出来，贫困发生率达97.5%。农民人均产粮不足50公斤，人均收入仅有53元，过着"半年糠菜半年粮"的苦日子。

1973年，周恩来总理回延安，看到延安人民的贫困状况后潸然泪下，深深自责，当即决定在产业项目、资金、人才和技术等方面大力支持延安发展经济，嘱托要"延安三年变面貌，五年粮食翻一番"，尽快改变贫穷落后的面貌，并帮助延安兴建了钢厂、卷烟厂、毛纺厂、丝绸厂、化肥厂等一批工业企业。中央和地方在资金方面也一直大力扶持延安，使贫穷落后状况不断得到改观。

1978年，新华社记者冯森龄作了长达四十多天的调查研究，并在新华社《内部参考》上发表了震惊全国的《延安调查》，第一次把延安群众的贫困状况，延安工作中的种种弊端报告给了中央："延安有很多农民上街要饭"。中央作出决定，对陕北的延安、榆林两地区减免公购粮，下拨扶贫资金，每年拨款5000万元；陕西省成立常设机构——陕北建设委员会，帮助老区人民发展经济。这一系列政策实施了近二十年，对陕北的经济文化建设，对延安人民的脱贫致富产生了巨大作用。这是延安发展历程中一个具有划时代意义的大事件。

改革开放以来，党和国家逐年加大对革命老区的扶贫开发力度，延安历届党委政府坚持以扶贫工作为中心，取得了显著成效。特别是党的十八大以来，以习近平同志为核心的党中央站在全面建成小康社会、加快推进现代化建设、实现中华民族伟大复兴的战略高度，把脱贫攻坚摆到治国理政突出位置，提出一系列新理念新思想新战略，作出一系列新决策新部署。

围绕"扶持谁、谁来扶、怎么扶、如何退"等核心问题，从2015年起，延安各村各户精准配置稳定的增产增收产业，一个县一个办法，一个村一个路子，一户人一个方案，脱贫攻坚取得了举世瞩目的成就，创造了人类减贫史上的奇迹：

2017年延长县脱贫！

2019年延川县、宜川县脱贫！

2019年5月7日，陕西省人民政府发布信息，延安市3个贫困县全部摘除国家级贫困县的帽子，标志着延安的绝对贫困得到了历史性的解决，226万老区人民终于告别贫穷，迈入全面小康的新生活！

延安脱贫，在全国脱贫攻坚决战决胜的关键时期，这一消息是圣地延安向全国人民交出的时代答卷！中央电视台《新闻联播》以头条新闻作了长达六分钟的报道；人民日报社、新华社、《求是》杂志都作了专题报道。2019年7月1日，《人民日报》重磅文章《不忘初心 使命 永立时代潮头——写在中国共产党成立98周年之际》写道："新中国成立70周年前夕，延安，这片承载中国革命希望的圣地，这片铭记中国共产党为初心和使命而奋斗的土地，向世界宣告告别绝对贫困！"

延安告别绝对贫困，在贫瘠黄土地上创造了脱贫奇迹。从自然环境、民族命运、国家战略等方面，延安对共和国昨天、今天所作出的特殊贡献及其在"发展与保护"课题诸多方面，带给人们深刻启示。

延安告别绝对贫困，是党的宗旨、初心和使命在延安的尽情绽放，是老一辈无产阶级革命家殷切期望的真实呈现，更是党的十八大以来以习近平同志为核心的党中央推动中国减贫事业并取得历史性成就的标志和缩影，体现了习近平新时代中国特色社会主义思想的真理伟力和实践伟力，具有全国性贡献、世界性影响。

巍巍宝塔山，终于见证——在延安，在中国，贫穷不是不可改变的宿命！

## 滴水藏海

时代大潮，浩浩荡荡！

消除贫困，自古以来就是人类梦寐以求的理想，是各国人民追求幸福生活的基本权利。环顾全球，贫困状况依然严峻，摆脱贫困一直都是困扰全球发展和治理的突出难题。世界上的贫困表现为多种形式，而且原因纷繁复杂，如一些国家贫富分化加剧，然而人类在不同的国度不停歇地摆脱贫困，追求着自由、平等、尊严、幸福的初心从未改变。

延安，决定了现代中国政治、经济、文化、社会的独特发展方式，是中国共产党在政治、经济、军事、文化等各方面创新的"试验田"！特别是，延安在解决资源开发与环境保护的矛盾方面所进行的长期实践，为脱贫攻坚作出了具有重大现实意义的探索和贡献！

延安的决胜脱贫，无疑给全球以信心！

一场决战，遍地英雄。2013年始，笔者深入延安脱贫工作一线多次采访，目睹了精准扶贫措施实施以来发生的翻天覆地的变化和惊心动魄的变革。在脱贫攻坚大潮中，充溢着自强不息、奋斗脱贫的精气神。在中国960万平方公里广阔大地之上，十几万个"索洛湾""南泥湾"，百万个村支书"柯小海"，千万个自强不息的残疾人"付凡平""屈万平",亿万个"李东东",各有各的精彩脱贫故事。这一切都是对"幸福都是奋斗出来的"作出的最完美的诠释。

一滴水里观沧海,一粒沙中看世界!他们仅仅是汇成波澜壮阔中国时代大潮中的一滴水珠,燃成熊熊烈火的一朵火苗……

# 目　　录

**第一章　　精准"解锁"**

千年之困　　　　　　　　　　003

国家精准"解锁"　　　　　　006

尽锐出战　　　　　　　　　　008

"组织起来"　　　　　　　　015

穷壤巨变　　　　　　　　　　018

**第二章　　兑现"初心"**

陕北是个好地方！　　　　　　071

延安，只能是延安　　　　　　072

"延安精神"提供脱贫动力　　075

叩问初心　　　　　　　　　　077

农村焕发勃勃生机　　　　　　080

打走贫穷　　　　　　　　　　083

从特困户到村干部　　　　　　088

## 第三章　绿色革命

"绿色发展"——中国向全世界亮出的新名片　095
始于吴起　098
一件大事做到底　104
奇迹：黄河水清　108
绿色的魅力　110
延安以北　112
改变的不只是山水　113
"树痴"　117

## 第四章　生态可逆

一道霹雳敲响的警钟　133
南泥湾大生产运动　136
新的"三座大山"　140
绿水青山　141
南泥湾巨变　144
两把老镢头　148
树和和树　157

## 第五章　百亿产业

| | |
|---|---|
| 一个小苹果百亿大产业 | 169 |
| 苹果"后整理" | 171 |
| 苹果+电商 | 173 |
| "草木共生" | 176 |
| 凡平的苹果 | 181 |

## 结语　　　　　　　　　　　　　　203

## 后记　　　　　　　　　　　　　　212

CHAPTER *1*

国 家 战 略

第一章

精准"解锁"

2013年，习近平总书记在湖南调研时，首提"精准扶贫"，要求认真研究贫困成因，因地制宜开展扶贫工作。之后，习近平在各个场合反复强调"精准"的重要性，强调要由"大水漫灌"变为"精准滴灌"。

2015年，习近平总书记在贵州考察时，进一步就扶贫开发工作提出"六个精准"的基本要求；2017年10月，他在中国共产党第十九次全国代表大会开幕会上把"精准脱贫"明确为对全面建成小康社会最具有决定性意义的三大攻坚战之一。

于是，精准扶贫方略成为中国脱贫攻坚战的决胜方略，在一个个贫困山乡落地生根！

"精准扶贫"就是谁贫困就扶持谁，瞄准扶贫对象，研究贫困成因，找准"贫根"，进行重点施策，对症下药，明确"时间表"。

八年时间，近2000万人次进村入户，开展贫困人口动态管理和信息采集工作，对贫困人口全部建档立卡，瞄准帮扶对象精准发力。

25万多个驻村工作队，300多万名县级以上单位派出的驻村干部，做到户户有责任人，村村有帮扶队。

根据不同致贫原因实施"六个精准""五个一批"，因地制宜、因人施策。

2019年5月7日，陕西省人民政府发布信息，延安市3个贫困县全部摘除国家级贫困县的帽子。

延安的千年之困，终于被国家的扶贫方略精准"解锁"了！

## 千年之困

千万年前，强劲的西北风把中亚一带的飞沙走石裹挟到了鄂尔多斯台地，在搬运过程中，沙石变成颗粒更细小的黄土，大量堆积、隆起的黄土造就了高原，为陕北人提供了生存之地。

千百年来，这土原深壑窄狭的褶皱里，人们匍匐如土虱，在大自然的威力之下种谷、牧羊。生态环境恶劣，农业基础脆弱，农民家底薄、底子差，土地极度缺水却留不住水，要想吃饱肚子还得再开垦更多的荒地——延安陷入"越贫越垦、越垦越贫"的恶性循环！

这是一个怪圈，也是延安的千年之困！

黄土高原地形地貌

从1949年开始，扶贫就是延安各级党委、政府的中心任务。但是，由于自然和社会历史等原因，延安的扶贫工作以"救济式"为主，长期"吃粮靠返销，花钱靠救济"，经济社会发展十分缓慢。

1969年，延安人民仍然过着"靠天吃饭"的苦日子，许多地方粮食亩产仅不足百斤。据延安市扶贫办提供的数字看，从1970年到1979年，延安农民人均生产粮食300公斤，农村人均纯收入仅67元，平均每年吃国家返销粮17890吨，救济款599万元。此后，中央批准把延安地区的粮食征购任务减少55%，并每年给延安财政拨款5000万元，一直到1987年，从未中断。同时，政府对生活特别困难群众送钱、送物，开展救济扶贫。这些措施使延安人民生活发生了很大变化，人们吃粮水平提高了，家庭副业收入增加了。到1985年，农民人均生产粮食提高到400公斤，人均收入256元，有48万人口初步解决了温饱问题，贫困发生率由90%下降到49.8%。这一显著成绩，与中央老区专项扶贫政策是分不开的。

但是，真正打破"大锅饭"体制、初步解决长期困扰延安老百姓吃饭问题的，是"家庭联产责任制"的全面实行，是党的改革开放富民政策的实施，调整了生产关系，彻底解放了生产力，极大调动了农民积极性，提高了农业生产率。党的十一届三中全会以后，农村生产关系得到调整，生产力得到解放，加上党中央、国务院逐年加大对革命老区的扶持开发力度，延安各地充分利用国家利好政策，因地制宜，相继实施农林牧并举、小流域治理、整村推进、区域性开发和生态保护等举措，初步进入开发式扶贫阶段。

1986年到1993年，是延安扶贫的发展阶段，国家将老、少、边、穷地区扶贫工作列入"七五"计划，延安有7个县被列为国定贫困县，6个县被列为省定贫困县，共享受发展资金1.78亿元，扶贫贴息贷款1.01亿元，以工代赈资金1.1亿元。深度贫困的农村基础设施得到改善，扶贫工作重点转移到黄河沿岸和白于山区，初步形成了黄河沿岸"南椒、北枣、中梨果"，白于山区"东桑、西薯、中杂果"的产业格局，贫困面开始缩小，贫困程度开始降低，农民收入开始稳定增长。

1994年到2000年，延安进入以解决温饱问题为重点的扶贫攻坚阶段。根据国家"八七"扶贫攻坚计划，延安结合实际，以解决温饱为目标，制定配套落实政策，集中人力、物力、财力，动员全社会力量突破难点，攻克堡垒，有8个县、57个乡镇、1479个行政村的44.65万贫困人口越过了温饱线，这为扶贫工作的继续深入发展奠定了重要基础。

2001年到2010年，在《中国农村扶贫开发纲要（2001—2010年）》指导下，特别是在国家实行西部大开发"退耕还林（草），封山绿化，个体承包，以粮代赈"政策和城乡统筹发展、扶贫易地移民搬迁等一系列利好政策叠加支持下，延安扶贫进入重点突破、整体推进阶段，生态环境实现了根本性好转，城镇化快速推进，农村基础设施进一步改善，形成了以苹果为主的农村脱贫致富主导产业，林下经济和设施农业迅速崛起，有52万贫困人口告别了相对贫困，取得了重大历史性胜利。

但是，剩下的都是贫中之贫、困中之困。彼时，延安人民生活始终难以摆脱贫困的泥淖，黄河沿岸、白于山区，仍然横亘着一个个难啃的硬骨头！

延安扶贫，艰难地进入爬陡坡、啃硬骨头的攻坚阶段……

## 国家精准"解锁"

从土地改革到中华人民共和国成立，中国以"五保"制度和特困群体救济为主的基本社会保障体系，到实施农村经济体制改革推动减贫，绝对贫困人口急剧减少。

1982年，国家启动"三西"农业建设专项计划，开始有计划、有组织、大规模"开发式扶贫"。

1994年,《国家八七扶贫攻坚计划》出台,这是新中国第一个有明确目标、对象、措施和期限的扶贫开发工作纲领。进入21世纪,国家实施两个为期十年的农村扶贫开发纲要,两次提高扶贫标准。

2013年11月,习近平到湖南湘西考察时首次作出了"实事求是、因地制宜、分类指导、精准扶贫"的重要指示。

"精准扶贫"是相对于"粗放扶贫"而言的,精髓就是"谁贫困就扶持谁"。具体指针对不同贫困区域环境、不同贫困农户状况,认真研究贫困成因,因地制宜开展扶贫工作,运用科学有效程序对扶贫对象实施精确识别、精确帮扶、精确管理的治贫方式,是新时期党和国家扶贫工作的精髓和亮点。

自2013年年底始,全国各地以实施"精准扶贫"为核心,全面开展贫困识别,对8900万贫困人口全部建档立卡,为瞄准帮扶对象精准发力做了大量基础工作。这一时期,各地向近13万个贫困村派出驻村工作队和第一书记。

2014年1月,中办详细规划了精准扶贫工作模式的顶层设计,推动了"精准扶贫"思想落地。

2014年3月,习近平参加两会代表团审议时强调,要实施精准扶贫,瞄准扶贫对象,进行重点施策。进一步阐释了精准扶贫理念。

2015年1月,习近平总书记新年首个调研地点选择了云南,总书记强调坚决打好扶贫开发攻坚战,加快民族地区经济社会发展。五个月后,总书记又来到与云南毗邻的贵州省,强调要科学谋划好"十三五"时期扶贫开发工作,确保贫困人口到2020年如期脱贫,并提出扶贫开发"贵在精准,重在精准,成败之举在于精准"。"精准扶贫"遂成各界热议的关键词。

2015年2月13日,习近平总书记到陕西看望乡亲们,并主持召开了陕甘宁革命老区脱贫致富座谈会。在会上，总书记说："我们实现第一个百年奋斗目标、全面建成小康社会，没有老区的全面小康，特别是没有老区贫困人口脱贫致富，那是不完整的。"

2015年10月16日，习近平主席在2015减贫与发展高层论坛上强调，中国扶贫攻坚工作采取的重要举措是实施精准扶贫方略，增加扶贫投入，出台优惠政策措施，坚持中国制度优势，注重"六个精准"，坚持分类施策，因人因地施策，因贫困原因施策，因贫困类型施策，通过扶持生产和就业发展一批，通过易地搬迁安置一批，通过生态保护脱贫一批，通过教育扶贫脱贫一批，通过低保政策兜底一批，广泛动员全社会力量采取灵活多样的形式参与扶贫。

同时，国家提出了"精准扶贫"十大工程：干部驻村帮扶、职业教育培训、扶贫小额信贷、易地扶贫搬迁、电商扶贫、旅游扶贫、光伏扶贫、构树扶贫、致富带头人创业培训、龙头企业带动。这其中，既包括传统帮扶办法，也包括新手段新方法。

彼时，摆在延安人面前的一个严峻问题是：延安仍有3个贫困县，693个贫困村，占全市人口近十分之一的7.62万户、20.52万人生活在贫困线下。

习近平总书记扶贫思想和重要指示，为延安打赢打好精准脱贫攻坚战指明了前进方向，注入了强大动力。除此之外，延安退耕还林二十年，改善了生态环境，解决了水土流失问题，为脱贫攻坚工作打下了厚实的基础，并且把农民从传统农业生产中解放了出来。

习近平总书记的号令既有前进方向又有任务目标，既有路线图又有时间表，既有具体方法措施又有行动方案。延安市委市政府牢记"六个精准"，秉持"五个一批"制胜法宝，知难而进，因地制宜。加之近几年来，中央和各级财政累计向延安投入扶贫资金达62.5亿元，有力助推了当地告别绝对贫困的步伐。

2015年11月，习近平总书记在中央扶贫开发工作会议上作的重要讲话中说："今年春节前夕，我去了延安、去了梁家河，看看听听，真是旧貌换新颜了。"

2017年延长县脱贫。

2019年延川县、宜川县脱贫。当年5月7日，陕西省人民政府发布信息，延安市3个贫困县全部摘除国家级贫困县的帽子！

## 尽锐出战

延安脱贫攻坚，中、省重视，全国关注，既是压力也是动力，无疑是对革命老区广大干部群众特别是党员干部政治站位和执行能力的一次大考。

扶贫干部要真正沉下去，扑下身子到村里干，同群众一起干，不能蜻蜓点水，不能三天打鱼两天晒网，不能神龙见首不见尾。2017年6月23日，习近平总书记在深度贫困地区脱贫攻坚座谈会上讲话时如是说。

几年来，延安排兵布阵，尽锐出战——153名县级后备干部到一线锻炼，1784名优秀干部担任驻村第一书记，3.74万名干部开展联户帮扶，派出驻村工作队1546个，包抓问题最多、任务最重、难度最大的村户。

这些帮扶干部大多生于斯长于斯，怀抱着改变贫困群众命运的满腔豪情，暂别年幼的儿女、挚爱的伴侣、年迈的父母，在山峦沟峁间、田间地头里、农家小院中，到处都可见他们忙碌的身影……这里是战场，却没有硝烟，但同样艰苦卓绝，同样气壮山河；这里是战场，却没有弹雨，但同样有冲锋陷阵，同样有流血牺牲。

什么样的党员干部才能成为第一书记呢？

在延安市2015年印发的《关于做好选派机关优秀干部到村任第一书记工作的实施意见》中看到，第一书记第一要求是政治素质好，热爱农村工作；第二就是敢于担当，善于做群众工作；第三就是作风扎实，不怕吃苦。

延安偏僻一角的黄家圪塔村的变化，离不开村民口中的一位"小姑娘"——驻村第一书记田婷。有一股子不服输劲的田婷做驻村第一书记，一来就是三年。

2011年田婷毕业，2012年的时候在延川县永坪镇当老师，不久就被分配到镇上参加基层工作。后来，因工作优秀被分配到黄家圪塔村做包村脱贫工作。啃这块"硬骨头"，田婷既高兴又担忧。高兴的是她能够真正深入基层为农民做实事，担忧的是村情复杂而自己经验不足。

一个女孩子，独自一人来到了贫穷且陌生的村子，困难自然不会少。她手里拿着一个本，跑遍了全村，一步一步走，一句一句问，一条一条记，一件一件做。清秀的字迹记满了所见所思：问题和困难是语言障碍，外出务工人员少，缺乏领头人，需要进行劳动技能培训……

初来乍到，村里环境差还是其次，最让田婷头疼的是与村民的交流障碍。村里的年轻人大部分都外出打工去了，留下的多为老人，思想保守且固执，对于田婷讲解的好政策、新知识，他们常常抱着怀疑的态度，甚至对她爱答不理。"有些老人听力不好，必须要大声跟他们讲话，可是声音一大，又被人说是在吼他们。"此路不通，田婷只好转变方法当起了"翻译"。她用村民们都懂的方言讲给他们，再结合一些恰到好处的例子和有趣的比喻，这下子，原本便与村民生活息息相关的好政策就不那么晦涩难懂，村民也没那么抵触了。

此前黄家圪塔村还是土路，一下雨路就变得特别泥泞，村民出行的时候鞋子和裤腿上会沾满黄泥。村里很多人住的房子也很破旧，外墙已经严重损坏。当时的村委会在河对面，大雨把原本的桥冲毁了，村民要到村委会来,夏天得蹚水,冬天得踩着石头。

田婷是一个认真的人,驻村两三个月才回一趟家是常有的事。只要一有空她就会挨家挨户走访,及时了解村里每户人家的生活状况。每天的工作一定要完成了才休息,对她来说,加班熬夜是常有的事。

有一天晚上突然下起了大雨,田婷猛地想到了村里还有一个老人住着土窑洞,于是深夜和村主任顶着大雨把他接到了村委会的休息室。但这并不是长久之计,后来田婷又帮助这位失去儿子的可怜老人完成了危房改造。

有一年4月份寒潮突袭,村里大棚中的西瓜苗才刚刚长起,不能受冻。村委会当即启动紧急预案,组织群众开展抗寒工作——他们为大棚增温,给每一株西瓜幼苗铺保温层。连续三天三夜,田婷一直和大家工作在一起,农户们很受感动,也很心疼这个认真的女孩子,但无论大家怎么劝她,她都不愿意回去休息。田婷说:"当时哪里顾得上那么多,那些幼苗可是村民们一年的希望。女孩子怎么了,大家都在干,我绝对不能拖后腿。"好在防护及时,瓜苗没有受到损伤,6月丰收的时候,田婷和农户们一样,脸上都洋溢着收获的笑容。

在农村经历了好多事,一路走来,"小姑娘"田婷把毕生所学都投入到家乡的脱贫攻坚事业中,在黄家圪塔村迸发出"大能量",完成了她当时的心愿——为村子谋发展、为村民办实事。2018年黄家圪塔村的西瓜获得了大丰收,全村231个大棚,平均每个大棚收获西瓜1万斤,每斤西瓜平均卖到1.5元。仅西瓜产业,2018年就为黄家圪塔村的村民带来了近300万元的收入。村民人均收入过万,宽敞的水泥路贯穿了整个村子,路旁盛开着各色花朵,墙上画满了宣传画,新修的通往村委会的连心桥,无时无刻不在连接着村民与干部的心。

一次决战,遍地英雄!

在中国,像田婷这样的扶贫干部有几百万名,在延安,像田婷这样的扶贫干部有1784名。苦甲天下的延安,贫困就像山头,翻过一座,又是一座。山大沟深,村情各异,几年来,他们攀过山、蹚过河,一起咬过牙、流过泪,他们在沟沟峁峁间,组织村民发展生产,努力让村民把日子过得越来越有希望。

在第一书记们的努力下,制约延安发展的短板一块块补上,为延安持续发展注入强大动能。大水漫灌不行,撒胡椒面更不行,国家的脱贫资金用在了刀刃上:

路越走越宽——2015年以来新修、整治道路589处2551公里,建制村全部通沥青(水泥)路。

网越铺越广——延安实现全市贫困户广播电视全覆盖,全市农村4G通信信号全覆盖,行政村光纤覆盖率达80%以上。

水越来越畅——建成各类饮水工程3082处,受益人口88.95万人,农村自来水普及率达到90%以上。

……

扶贫不单是经济层面、发展层面的工作,同时也是党的群众路线在新时代的体现,也是干部锻炼的实践熔炉。

2017年9月,延安市纪委干部孙凯有了一个新身份——洛川县永乡镇羊吼村第一书记。

"坐上村民的炕头,才更深刻明白了责任的含义。"孙凯说,"成为第一书记,就必须为老百姓办一些实实在在的事。"他积极奔走,在市纪委监委主要领导的协调帮助下,先后协调落实资金700余万元用于羊吼村的基础建设和产业发展。在孙凯的努力下,羊吼村4个村民小组近5公里巷道实施了硬化改造,安装亮化路灯56盏;"三化一片林"落实绿化资金20万元，绿化村庄、路渠、庭院、荒坡73.6亩；争取到投资210万元的通组道路改造项目，使通往陈家洼小组的2.7公里的道路得到硬化改造，实现了羊吼村道路全部硬化；争取到投资24.3万元的供水管网改造项目，使陈家洼小组的山泉水接入家户庭院，实现了羊吼村饮水全部入户；争取到投资近20万元的"智慧乡村"建设项目，电信光纤引入每个村民小组。

在甘泉县道镇五里桥村，如果看见一个脚下步子很快、皮肤黝黑、脸上总挂着笑容的青年，那就是31岁的驻村第一书记程涛。驻村第一年，这位来自甘泉县会计事务管理局的年轻后生说："刚到贫困户家拜访，就被主人下了'逐客令'，'你个小后生，能办成啥事哩？'"群众不欢迎，他就一张笑脸相迎，贫困户不积极，他就带头示范。短短一年间，村里的养鸡、地膜玉米发展起来了，老旧危房改造了，村里贫困户全部脱贫，曾经软弱涣散的党支部也有了凝聚力。贫困户逐渐开始把他当贴心人。谁家的母鸡下了初产蛋，打电话要给程涛拿去尝尝鲜；有的村民行动不便，干脆把银行卡密码告诉程涛，让他帮忙取钱。

在延长县雷赤镇门山行政村，第一书记高聪军正忙着联系外地果商收购村上的苹果。为了能把苹果卖个好价钱，他耐心地给果商们介绍果品的质量和特色，希望能把村上的苹果品牌打出去。一年多的时间，在他的带领下，群众纷纷发展苹果产业，种植特色小杂粮，实现了行政村的整体脱贫。

一年多时间里，黄陵县桥山街道办聂洼村第一书记古江波积极奔走，努力协调，为聂洼村硬化公路2.5公里、维修3公里，硬化村组巷道

3235.15平方米，修砌村组排水渠910米；新建饮水、灌溉设施，净化水直接龙头入户，灌溉管网铺设到地头；对43户群众的房屋、围墙、大门、屋顶进行统一翻新、加固改造，对32户群众的土建窑背进行加固；维修改造路灯，改造重建三联通沼气池式厕所；对联村道路、村内巷道、房前屋后、景观节点进行了全方位绿化和美化；建成聂洼村文化广场、标准化卫生室、聂洼村观景台。原先"晴天一身土，雨天一身泥，垃圾漫天飞，污水满地流"的情景已变为"一路青山绿水"。

洛川县疾控中心干部刘志翔是永乡镇黄章珊瑚村第一书记，他经常骑着摩托车四处奔走，为村里办事，被群众亲切地称为"摩托书记"。"刘书记最让我感动的地方，是他从来不嫌我们麻烦，为了我的9亩果园，天天来我家……我媳妇有病，孩子早产，花了9万多元，是刘书记骑着摩托来回跑，落实健康扶贫，还为我集资7000多元。"永乡镇黄章珊瑚村村民邵榜红动情地说。

……

一个个项目的落实，一项项措施的实施，这些琐碎的艰辛的工作，都是这些人一点点去做成的，他们用自己的青春热血换得了延安农村的巨变。

几年时间里，延安把脱贫攻坚作为锤炼干部能力素质和工作作风的熔炉，作为锻炼培养干部的主战场，在脱贫攻坚一线选人用人，先后在脱贫攻坚一线发现、考察和提拔使用干部592人，全市形成了领导带着干、干部抢着干、群众跟着干的良好局面和风清气正的政治生态。

谁不是血肉凡胎？谁没有儿女情长？

一大批年轻干部通过驻村联户扶贫，与群众同吃同住同劳动，结对子、认亲戚，提高了服务群众的本领，增进了与群众的感情。一名干部谈到参加扶贫工作的收获时说，扶贫让他有机会、有动力、有意愿深入到最贫困、最艰苦、以前关注不多的贫困地区和贫困群众中去，真正了解掌握了民情、民意、民风。一些第一书记通过扶贫立志扎根基层，改变乡村面貌，把全心全意为人民服务作为人生价值的追求。

群众也在脱贫过程中感受到党员干部为群众办实事、为人民谋幸福的好作风。群众露出了真诚笑脸，这是对脱贫攻坚的最大肯定，是对广大党员、干部倾情付出的最高褒奖。许多脱贫的群众说："延安时期共产党干部的好作风又回来了。现在的干部与老百姓心连心，像一家人一样！"

2018年春，洛川县旧县镇阿吾村贫困户何凤军托着亲手炒的一盘豆腐送到镇政府，何凤军说帮扶干部是他家的"大恩人"，第一锅豆腐做出来先让他尝一口。这名干部对何凤军家的5亩苹果进行了"后整理"，还帮助他在镇上开了个豆腐坊，他家的日子越过越好，第一批退出贫困户序列。

"大红枣儿甜又香，送给咱亲人尝一尝。一颗枣儿一颗心，心心向着共产党。"这是当年解放区人民心中的歌。在延安脱贫攻坚战役中，这一激动人心的历史画面再次出现。

## "组织起来"

在延安的黄土高坡上，大大小小有3386个行政村。除了驻村工作队、街办包村干部、第一书记，还有成千上万的党支书书记、村委会主任等基层干部在沟峁间，组织村民盖大棚、种苹果、垒羊圈，硬是把恓惶日子过得一天比一天有盼头。

1943年11月，毛泽东在中共中央招待陕甘宁边区劳动英雄大会上发表讲话，题目就叫《组织起来》。2016年4月，习近平总书记在小岗村主持召开农村改革座谈会上的讲话中强调，"不管怎么改，都不能把农村土地集体所有制改垮了"。把人民群众组织起来开展革命和建设，是中国共产党一以贯之的伟大传统。在"组织起来"的背后，站着理性和立场，更站着制度性的领导干部队伍建设。

2017年2月21日，习近平在十八届中央政治局第三十九次集体学习时强调，加强贫困村"两委"建设，强调"帮钱帮物，不如帮助建个好支部"。党的十九大报告也指出，要加强基层党组织带头人队伍建设。

农业农村工作实际表明，村级党组织书记能否发挥"领头雁"作用，不仅对村级党组织自身建设至关重要，也对贫困地区能否打赢脱贫攻坚战至关重要。

"加强党的领导"，看起来像一句常见的话，但在脱贫攻坚战和乡村振兴之中，它是"组织起来"的基石与底色。在农村真正加强党的领导，就意味着要坚守党的宗旨。懂得了"组织起来"的必要性，如此以强弱联合凝聚乡村社会，农民充分组织起来，引领农民发展合作经济和集体经济，脱贫攻坚才是真正意义的"人民战争"。

不然一家一户的，如何打仗？

在陕北偏僻小村索洛湾，党支部把人和土地"组织起来"，避免了农户单打独斗，在延安脱贫攻坚战疫中具有很强的代表性，也是延安脱贫攻坚的标志和缩影。

延安市黄陵县索洛湾是一个小村落，全村共216户435口人，因遥远偏狭、贫穷落后被外界长期忽略。自2005年迄今，却闻名遐迩，多次被评为全国、省、市"治安模范村""党建示范村""文明村""小康村"。他们的当家人——党支部书记柯小海荣获"全国劳动模范""全国优秀共产党员"等数十个国家级光荣称号，又于2017

年4月高票当选中共陕西省委候补委员、中国共产党第十九次全国代表大会代表。那么,这个西部群山皱褶里的小山村,到底发生了什么了不起的变化呢?

索洛湾以前的土地产出率不高,商品率几乎为零。在信息时代仅仅靠传统农业方式已经无法承载农民生计,真正的贫困已日益表现为旧有生产方式的束缚。后来,经过整整二十年的发展,村上在柯小海的带领下成立了合作社,调整产业结构,生产的组织化和产业化焕然一新,把单家独户的农民从零散的地块里解放出来,把承包地确权流转到合作社统一经营,实行多种经营、规模经营,慢慢摆脱了贫困。现在,索洛湾村产业板块已涵盖工、农、商、服、游等多个领域,村集体经济从负债起步一路增长,实现了从温饱到小康的跨越——集体经济收入达6000万元,农民人均纯收入突破3万元,实现了"温饱—富裕—小康"三级跳。

由村集体出资给村民提供六项福利,让外村人艳羡:一是统一配发电视、冰箱、电脑,配齐网线、闭路线,保证村民的信息需求;二是统一配发米、面、油及香皂、肥皂、毛巾、手套、洗衣液等,保证村民日常生活必需品的需求;三是统一缴纳养老金、医疗保险金,保证村民病有所医老有所养;四是组织村民外出旅游、观摩,开阔眼界和胸怀,在感受外部世界精彩文明的同时,为本村将来的发展建言献策;五是对因智力缺陷、痼疾造成生活困难的个别家户,除在政策上给予重点帮扶和照顾外,每月按人发给低保金500元,节假日要慰问,体现人性化、人情味,让这些特殊人群也能享受到温暖;六是每考上一个大学生,村上奖励助学金5000元。从这六项福利的实施看,索洛湾的"发展集体经济,走共同富裕的道路"的目标确定无疑地实现了!

索洛湾的"涅槃",在于村党支部、村委会的领导下全村村民被重新"组织起来",抱团发展,集体主义被放大,"内生动力"的源泉被激发,全体村民实现了共同富裕,走了一条使得每一个农民都"不掉队",都能够得到生活保障的小康之路。

索洛湾面积恰好是96平方公里,中国国土面积刚好可以分为10万个索洛湾。索洛湾在人类最贫瘠黄的土地上创造的脱贫奇迹,让我们看到中国农民建设家乡的巨大潜力!

**滴水藏海**

## 穷壤巨变

高原挤挨着、臃肿着,把索洛湾挤压在一个犄角旮旯里。

"索洛湾,索洛湾,吃油筷子数点点,吃水深沟往回担。"

"地少不保收,挑水半里路。雨天两脚泥,人往外面跑。"

多年前,索洛湾土厚川狭,靠天吃饭,贫瘠萧瑟远近闻名。这些民谣,不知是邻村人的客观创作,还是索洛湾人的辛酸自嘲。

"嫁人莫嫁索洛湾,缺粮吃来还少穿。"三十年前嫁来的周金莲,提起往日叹息连连,"我1990年生孩子,连5元钱的奶粉都买不起。老人教育娃娃'不好好念书,你就一辈子窝在这穷山沟里!'"

时间到了1999年,一件事一下子让索洛湾炸了窝——柯小海突然决定返乡,竞选村干部。

乡人皆惊:这小子!有人说他掂不来轻重胡成精,还有人说他年龄太小没定性。

柯小海何许人也?

柯小海,索洛湾人,24岁,4个姐4个哥,他是老九。自小能折腾,浑身都是胆,脑子爱琢磨事,几年前走出了大山去城里打工,在外已经闯出一番光景。

老支书路建民劝说道:"你要想好,自个生意正红火,好不容易跃出了农门,村里人都羡慕你哩!"

"索洛湾这块石头太重!"父亲更是担心,"你怕扛不起来,还伤了自己!"

"在城里单打独斗做生意,每天一睁眼就是算计着如何赚更多的钱,一闭眼就陷入会不会赔本的焦虑中,人不由得变得狭隘了、自私了!这样的日子活着有什么意思?……"柯小海起了执念。

穷极则变!心胜则兴!

自此,柯小海挑起了索洛湾村的发展大梁,在奔腾不息的沮河右岸,一个偏僻小村的脱贫画卷就此波澜壮阔地展开了……

## 1

索洛湾村在黄陵县城以西47公里处、沮河上游的凹形地貌中,是一个拥有96平方公里土地的村庄。

村子很早前有一棵老树,传说是由玄奘大师从大唐长安一路向西取经天竺国,又万里遥遥,带回的婆罗树种子,植在沮河岸边,成长千年,使这个村后来传来传去有了那样一个名讳。

"1999年我被选为索洛湾村的小组长。当时,村上共有102户,412口人,底子很薄,群众长期挣扎在贫困线上,没有一户村民家里的米缸是满的,乡亲们几乎每个月都要去邻村借米、借面。90%的村民都还住着靠山挖进去的土窑洞。也有个别住瓦房的,那是祖上留下的产业,却因年代久远,无力翻修,早就烂得千疮百孔……村里姑娘外嫁尚好,小伙子就惨了,外村的姑娘不愿意到穷窝子来受罪,不少小伙子30多岁了还单身。"这是当年真实的索洛湾村,柯小海回忆起来总是感慨万千。

村民生病了怎么办?

"自己挖一些草药胡乱喝。用土办法针刺放血,用生姜擦太阳穴。实在挨不过请赤脚医生……"

生了大病怎么办?

"没有办法,基本上等死。"

二十世纪七八十年代，柯小海家里人口多，负担沉重。父母是能吃大苦的人，哥哥姐姐们也都十分勤劳，可一年到头累死累活总是吃不饱肚子，动不动就揭不开锅，为活下去，母亲常去远亲近邻家借粮食，借油盐酱醋，乡亲们都很厚道，母亲从未空手而归过。那年月，家里的日子就是这样熬过来的。故而，他对贫穷和饥饿的记忆是深刻的，对乡亲们的慷慨施赠永怀一颗感激之心。

十几岁走出村庄打工的柯小海，先是给人打零工、做小工，挑水、和泥、搬砖、垒石，全是最苦最累的活儿，但他干得很踏实，能养活自己还有余钱。有了点积累后，在朋友的帮助下，他贷款买车，做起了拉木材和煤炭的运输生意，因为聪敏机智又为人诚实，深得雇主喜爱，把生意做得风生水起，每年都有四五万元利润。五年以后，存款接近20万元，这在当时当地算是天文数字。从这个势头看，他完全可以乘势而上，把生意做得更大更强，"百万富翁"已不是梦。

虽然自己已经小有财富，小日子足够滋润，可乡亲们都还穷着啊！

"一个人在外富了，想着村里人还受穷，我岂能安心？"

在柯小海看来，故乡的贫穷，遥远荒僻、自然条件差是一个原因，但人们的思想封闭、观念落后、习惯贫穷、麻木不仁才是主因。如果有一个人，他能以一己之努力，给这片沉寂的山水注入活力，给人心灵以提振，把大家从一个陈年老梦中唤醒，激发出他们的内生动力，一切皆有希望。他就要充当这个角色！

就这样，在刚刚摸清生意门道，积累了广泛的人脉资源，然而他却断然撇掉生意回到村上。

在这片黄土高原上生存了上千年、又磨砺出了自力更生和艰苦奋斗精神的陕北人，上天或许赋予他们身上不安分的基因。

## 2

经过一番调研,小组长柯小海列出了索洛湾长长的"问题清单":学校四处漏风、村道坑坑洼洼、村委会软弱涣散、缺产业致富无门……

柯小海首先提出修学校、改村道,想把这当成提振乡亲精气神的"第一把火"。

早些年,村庄最兴旺时,全村人都有一股子精神劲,上学时校长要敲击挂在树上的一块生铁,听到这生铁的声音,村民的一种敬仰、敬畏之心油然而生。当时,这几间学校似乎是整个村庄的精神殿堂。现在,带着乡愁回归的柯小海,满目凋敝——这所村办小学是20世纪70年代普教时期的产物,历经二十多年风蚀雨浸,14间大瓦房已经千疮百孔摇摇欲坠。夏天,外面下大雨教室下小雨;冬天,寒气从四面缝隙猛烈灌入,刀子似的往人身上扎,小学生冷得根本握不住钢笔……迫于无奈,在恶劣天气里,学校动辄就放假,学生们的功课备受影响。校长多次找村上要求解决,皆因没钱被长期搁置。

为什么搁置呢?因为穷!上过高中的都没有几个,为啥?因为条件所限,没有上出来学,群众没有文化、水平低,只能挣下苦钱,恶性循环。

富不富在支部,干不干看干部!有群众经常说,你看过去那谁当一个组长,还给咱弄了一个电磨。村干部弄了一个磨,老百姓都能记到心里,说明干部还是要为群众干事,只有干了事,群众才能把你记起来,才能愿意跟你干。所以,柯小海1999年当选村小组长后做的第一件事,就是修学校。只有让群众思想解放了,有文化了,村子发展才有希望。

可是修学校没有钱,咋办?

当时估算了一下,需要10多万元。柯小海先是每家每户走访,给群众说了很多掏心窝的话。

"你当你的村干部,我种我的地,和我有啥关系?"群众对村上的发展不抱希望。

把群众叫来开会，谈了想法，没想到就有群众跳起来坐在桌子上，激动地说："你才多大一个娃，还能得不行！"这一个下马威，柯小海无论如何也没有想到。

群众为啥这么激烈地反对呢？其实，村民心里是对村干部压根不信任，怕村干部以修学校的名义把钱装进自己的腰包。

"靠天靠地不如靠我们自己。咱们村民义务出工，起码能把工钱省下来。非花不可的钱，如砖瓦、沙灰、石子啥的，由我来出。"村委会上柯小海当时就表态，村上修学校坚决不让大家拿一分钱，保证短时间内把学校修好，但是要投工投劳。

村委会主任张军朝说："小海呀，你的钱也不是风刮来水漂来的，凭啥往这个穷坑里甩？再说，现在包产到户以后，群众没了集体意识，只怕调动不起来。"

柯小海说："村干部和党员带头，发挥引领作用。村民中的大多数是明事理的，只要把利害讲清楚，大家会配合的。"

村支书路建民说："冲着小海这份心，行不行也得试。"

其实，群众就怕收钱，说投工、投劳都是没有意见的。第二天，每家出一个劳力，拉土、挖地基，学校修建就开始了……

正值暑热，骄阳似火，路建民、张军朝，党员阮怀林、陈安平、向奎林、岳淑平……20多位党员第一时间开赴工地。柯小海一马当先，赤膊上阵，最苦最累的活儿抢着干，每天都是第一个来最后一个回去，脊背上的皮蜕了一层又一层，很有一股拼命三郎的劲头。

柯小海回忆说："我是农村娃，做墙、盖房子这些体力活都没问题。我和林场商量，让群众帮他们修路，换取学校所需的木材，又把一些木材拉出去换回来砖瓦。学校盖了40多天，我就在工地上守了40多天。群众看到了变化，也看到了我们干事的决心，积极性都调动起来了。"

"咱不出力,学校修好了,孩子好意思进校门?"村民们看着党员挥汗如雨,起先是三三两两地来,很快便倾巢而出,填土、拉车、抡铁锨,100多人参与的劳动场面热烈壮阔,动人心弦。索洛湾一改多年冷清,变得"热气腾腾"……由此看,群众是能够组织起来的。

学校翻修用时46天,改造了14间大瓦房,还有围墙、大门,柯小海个人垫资3万多元。当一座崭新的校舍呈现在眼前时,孩子们欢天喜地,村民们笑逐颜开。

"这个功劳应该记在柯小海头上!这个后生,还真有点儿本事!"村民们伸出大拇指。

通过这件事,路建民从柯小海身上看到了一个年轻人与众不同的潜质。路建民感慨:"通过这件事,让人不由得怀想大集体时代的许多事情。群众能这么快地投入进来,这是我没有料到的……"

柯小海说:"'团结就是力量',其实大集体时代有许多不该丢失的好传统、好作风。"

现在想来,修学校这件事对柯小海成长的深远意义在于——让他心里有了底:"只要你一心为公,就没啥难事!"

学校修起来了,柯小海又跑到王县长那汇报。在此之前,他多次汇报,王县长就是没有给索洛湾批一分钱。看到新修的学校,王县长却很高兴,一次性给了村上3.5万元。

王县长说:"小海,我如果当时把钱给你了,也不知道你要干啥事,担心学校没修起来,就把你修到监狱去了。"

柯小海自忖:"当干部,就得给老百姓干事情!你看,只要你干了事,领导就能支持咱,你不干事,领导也不敢支持你。"

## 3

索洛湾之所以被称为"烂杆村",贫穷固然是一个原因,而村街里猪圈厕所乱建,畜粪遍地,杂物横陈,其脏乱差也是一个不容忽略的原因。索洛湾穷,但再穷也不能不讲秩序不讲卫生。学校修好后,柯小海又把注意力放在了改善村容村貌上。

当时的村民习惯把自家的院落、牲口圈和村道相连,遇到雨雪天气,村里污水横流,村民们的入户路和连户路泥泞不堪,邻里之间时常因乱搭乱建问题产生矛盾。柯小海决心整治。他挨家挨户地排查,苦口婆心做"钉子户"的工作。

街道改造是一个更艰辛的工程,坑坑洼洼、曲折不平。连绵几里,并且还与一部分人的切身利益息息相关。毕竟是伤筋动骨,相对此前的学校翻修,村街改造还是费了一些周折的。

在村民动员大会上,不少人当场表示反对,说索洛湾祖祖辈辈一直就这样子,并没妨碍啥事嘛,为什么没事找事给人添乱?再说猪圈厕所不放在大门外又放在哪里?总不能不让人上厕所不让人养猪吧?其实这些人的思想谁都心知肚明——他们都认为猪圈厕所所占地皮是自己的,一旦拆掉就等于把占有了许多年的地皮弄丢了。

柯小海激动地说:"不知大家想过没有,外面人把索洛湾作践为'烂杆村',把索洛湾人看作'烂杆',究其原因无非就两个字:'穷!脏!'其实,穷并不可怕,怕的是自己不争气,心甘情愿当'烂杆'。"

柯小海又说:"有一个概念一定要当众弄清楚。任何人都应该明白,你家大门外的每一寸土地都是集体的而不是个人的;你们说猪圈、厕所没有妨碍村上的事,这说法是错误的。村庄要改造,环境要改善,形象要树立,而你们的猪圈厕所挡在那里,这不是妨碍是什么?你们没有眼光,只盯着巴掌大点儿并不属于你的地皮,这叫一叶障目,连一寸也看不出去……你们没有进取心，没有公德意识，只一门心思地守着自家的坛坛罐罐、柴柴棒棒，这叫自私狭隘没有出息。大家为什么不这样想想，当我们把村街治理得平整端直又干净卫生时，当我们的村庄形象有了明显改善时，谁不高看你一眼？"

会议开得还算成功，大多家户很快拆除了厕所和猪圈。可是，人们担心的"钉子户"还是冒出来了。他不拆不挪，巍巍不动，柯小海知道短期内难有结果，为不影响整体工作，建议工程先动起来，钉子户的工作慢慢做。最终，这几户"钉子户"还是被小海不温不火、不厌其烦地磨下来了……

村民再次参与，全是义务劳动，推土机、大小拖拉机、几十辆架子车自东往西摆开来，义务投工的百余村民挥镢舞锨争相出力，马达轰鸣，人声鼎沸，整个村庄焕发着昂扬的活力。

与以前频起的风凉话相比，这次村民热情似火，男女老少齐上阵，几乎每天都是倾村而出，干到深夜。吃饭时各回各家，吃自家的饭。在"搬个椅子过门槛"都讨价还价的市场经济社会里，这种现象着实少见。

在热火朝天的索洛湾，村民们这样议论——

"只要能干活的都去了，不去感觉到丢人，感觉到是落后的。"

80岁村老也赶来帮忙，柯小海劝他回家。

"我要再看看！"村老说，"我年轻的时候修大坝见过这场面，现在又看到了，再不看，我可能就没有机会看了……"

柯小海已经几天没有合眼，浑身泥浆斑点，两眼发红，像一匹狼。除了外出联系材料，他几乎每天都守在工地上，直至完工。这项工程他又贴进去了3万多元，赊欠在外的部分材料款还不算。

当一条宽敞明亮的水泥路东西贯通，当村容村貌第一次以正规整洁的面目出现，几乎所有人都长吁了一口气，自豪感和成就感油然而生。

这两桩事是在柯小海上任不到两年时间内完成的，在索洛湾历史上堪称壮举，也引起了外界的普遍关注和镇上的高度重视。

"可别小看这俩工程，村里的精气神，完全不一样了！"老村主任张军朝竖起大拇指，"小海发动群众一起干，改变了大家。把大家的心和力气凝聚起来了。索洛湾，大有希望！"

"有钱办不成的事，没钱却办成了！"

"当大家都不讲钱的时候，奇迹就出现了！"

而柯小海却由此看到了更深层的东西：两件事都办成了，变化虽小，但能变就是好事，这说明索洛湾人们的精神萎靡期已宣告结束！说明发动群众、依靠群众的办法是切实可行的！

人心黑天就黑，人心亮天就亮！心齐就是力量。

村还是索洛湾村，人还是那些人，分散了，谁也看不出一个村有多大力量，集中起来，真的能愚公移山——这也是善思的柯小海悟出来更深一层的真理。

看着平坦宽阔的水泥路穿村而过，听着明亮校舍里传出琅琅书声，穷惯了、懒散惯了的索洛湾人感觉到，村里正生出一股劲！

## 4

即使一条破烂的渔船，也需要有人掌舵。

2000年年初，村里正盼领头人。加之村支书路建民极力推荐，在村里逐渐积累起威望的柯小海当选为索洛湾党支部书记。

在这里，需要特别强调的一点是，老支书路建民在接班人之事上虚怀若谷、主动让贤。

二十年来，柯小海和路建民达到了难得的默契，一个眼神就知道对方的心思。对于老支书的帮助，柯小海也很少言谢。其实，他内心很感激老支书对自己的信任。常常有一种"士为知己者死"的私人感情在里边。

"小海脑子活，胆子大，看得远，能干事，没有私心。"后来，路建民经常这样评价柯小海。在村里人看来，从"娃娃支书"到一步步赢得村民的信任，柯小海凭的就是"没有私心"。

在路建民的心里，柯小海有一颗铁了心为民的心，想得到做得到，雷厉风行，不拖泥带水。有思想，有见解，有智慧，有眼光，有慷慨无私的奉献情怀，有脱皮掉肉的实干精神。不是吗？学校翻修是非常急迫的大事，谁都能看到谁都办不到，但柯小海办到了，用时仅仅四十六天；村街改造那是所有人想都不敢想的事，但柯小海想到了也做到了。他能为村集体的事两次垫付六七万元，请问，能做到这一点的人在索洛湾还能找到第二个吗？基于这样的认识，他在村民中宣传鼓动，数次找镇上推荐，又鼓励柯小海做好准备，挑起村支书这担子。

2001年10月，张军朝因家庭突发重大变故，无法继任村主任，经村民选举，柯小海又被推到了村委会主任岗位。至此，这个山区村落的发展和生计重担，沉沉地压在了他稚嫩的肩上。

村貌焕然一新，可柯小海，另有心事——校有了，路通了，村上环境面貌有了变化，但是村民还是没挣到钱，怎么办？

大家都知道，索洛湾村之所以穷，穷在靠天吃饭，农作物种植种类单一。村底子很薄，群众长期挣扎在贫困线上，真是穷到底了。

没有产业，增加群众收入，脱贫致富就是一句空话。当务之急就是要给村民找产业、找发展的路子。

可是干什么呢？

为寻求适合村上发展的产业，柯小海曾自费带着老支书路建民赴外地考察，增长见识，激发灵感。他明白在索洛湾这个小圈子里琢磨不到门道。

说是考察，其实主要是到杨凌基地参观学习人家现代化的蔬菜、粮食、苗木、畜牧等技术，咨询专家教授，遴选适宜在本地发展的产业。

考察期间，由于个人自费，住宿是附近的私人小旅店，一个两人间一天20元；饭时一人一盘面，不够再加个饼子，一顿饭两个人绝不超过10元。在杨凌基地随便走完一片棚菜区，绝不下十几里地；走完一两个畜牧场少则七八公里多则十几公里。本来从一个基地到另一个基地有专用电瓶车可乘，但为了节省那几元钱，在十多天里都是步行，一天下来至少不下二三十公里，腿脚都浮肿了。活生生《创业史》中梁生宝买稻种的重演！

回到旅店，小海给路建民打来洗脚水，歉疚地说："哥呀，你本来退下来无官一身轻，让你跟上我受苦了！"

路建民说："话不能这么说，为村上的事，你个人自费，也是一天跑到晚，你就不苦么？再说，你小小年纪就有这么大雄心，我感动都来不及哩。"

小海眼中似有泪光在闪，他说："哥呀，您要把我'扶上马送一程'啊，我小海从上任的第一天起，就把自己的一切都交给索洛湾了，只求选准路子，尽快走出第一步……"

路建民深受感动，他说："哥年长你20多岁，只要这把老骨头不耍麻搭，我一定尽我所能，把你支持到底。不为别的，就冲着你这份执着的公心！"

两人坐在床边泡着各自脚上磨出的老茧，路建民心里暗忖："小海为了乡亲遭这罪，全凭一颗公心！这娃能干成！"

## 5

索洛湾的产业一直在不断摸索，养过蘑菇、栽过速生杨，还养羊、养猪、养鱼，村上也成为乡上和县上产业发展的试验田，但这仅仅只是解决了群众的温饱问题，要想致富，还得要谋求新的发展。

眼界一开，收获不小。多次外出，艰辛考察，与专家们的反复论证、商榷，索洛湾终于找到了几种适合气候土壤条件的作物和养殖业。考察结束后，小海立即召开两委会班子会，并请镇上的主管领导和农林牧技术人员参会，研究讨论具体实施方案，形成了"多业并举，稳步推进，积累经验，惠及全村"的战略思路。

在村民大会上，柯小海正式宣布："经过村、镇两级研究，我们要从三方面入手。一是引进优质蘑菇、香菇的培植技术，这两种菌生物是饭店、餐馆和城里人餐桌上的必备物，需求量很大，前景看好，价值比粮食高出几倍；二是建设蔬菜大棚，咱这里空气清新，灌溉方便，如果能种出四季鲜嫩的蔬菜，源源不断地卖向城镇，效益一定很好；三是发展畜牧养殖业，山里面水肥草美，养牛养羊养鸡养鱼的条件得天独厚，如果加以利用，搞出具有大山特色的畜牧水产品，那可是赚大钱的事。这是目前最适合我们走的路子，请大家都能积极报名，踊跃参加。"

索洛湾人祖祖辈辈都是种庄稼的，要上这些新项目，首先要落实参与的家户和一定数量的土地面积，这等于是改变土地用途，村民的脑子能转过弯吗？

围绕这个决定，村民们闹哄哄乱糟糟说了许多话，多是悲观情绪的宣泄。不外是家家把粮食看得比命都重要，对粮食以外的任何东西都不感兴趣，况且一家赛一家的穷，没钱折腾个屁！

"这也不行那也不行，照你们的逻辑就这么干瞪眼死守着贫穷？遇到困难不想办法克服，只想着逃避，你不觉得自己无能窝囊么？我告诉你们，天上不会掉馅饼，世界上从来就没有免费的午餐，幸福是等不来的。这么下去，索洛湾再过二十年还是现在的烂样子，甚至比现在还烂……"柯小海情绪有些激动，"没钱我们可以争取政策支持，可以借，可以贷，可以通过多种渠道想办法……"

村上一位老人说："种一辈子玉米，成老习惯了，你让他腾地上新玩意儿，他害怕赔钱，心里没底，这一点你得理解。一锹挖不成个井，一口吃不了个胖子，你得慢慢来。"

柯小海说："不能慢，要快！和山外比，咱们已经很落后了。我是支书、村主任，大家的眼睛都盯着我，那我今天就表个态——我腾出两亩地建蔬菜大棚，再养两头秦川牛，给大家带个头。另外我建议，两委会班子成员都必须根据各自情况选一个项目，党员干部绝不能落到人后！"

"当时，索洛湾村村民把粮食看得很重，除了种粮食，他们对种任何东西都不感兴趣。"张军朝回忆当时的情景时说。

"堂"上面是太阳，下面是房子，中间是人，下边是土地。农耕文明就是种田，田人合一，传宗接代，建房筑祠堂。为改变全体村民的观念，县、镇蹲点干部、两委会班子十多人帮忙分头谈话，遇到的情况几乎一模一样，十之八九都是一个面孔、一个腔调。概括起来，理由是一样的：种庄稼保险，搞其他冒险，我们不冒险！

柯小海与村民谈心

有人的话说得很难听："我从生出来到现在五十多年了，索洛湾人一直在种玉米，穷是穷点儿，但心里踏实，这不挺好么？书记、村委会主任我经历过10多个，谁也没像柯小海这么瞎折腾……地是我的，我就爱种玉米！"

面对如此"老顽固"，小海只能将其暂放一边。还好在大家的耐心鼓励下，有22户人家参与进来了，加上班子成员，共有29户接受了新事物。自此，索洛湾的这群先行者，迈出了艰难勇敢的步伐！

## 6

产业刚有起色，索洛湾人又面临新抉择：2003年，黄陵矿业公司二号煤矿开始筹建，打算征用索洛湾村东的部分土地。

柯小海敏锐地感到这是个好机遇，煤矿原煤产量大，煤需要往外运，运输方面大有文章可做。这是一个千载难逢的机遇，一个能使索洛湾实现大转折、大发展的历史性机遇。

"年产1000万吨的大矿搁村里，咱的发展机会，只会有增无减！"支部会上，柯小海兴奋不已，"村民在家门口就业，一盘棋就活了！"

柯小海认为这是机遇，但乡亲们并不认同，心里没底，来找他的人一拨一拨，络绎不绝，应接不暇，都是诉说失土之忧。

老实说，一次征那么多地，大部分人心里都没底。

索洛湾之所以穷得太久，就是因为人们对粮食的过分依赖，亘古迄今都秉持农事是万事之本，粮食为立命之本，对种粮食以外的行业，大家都有一种本能的排斥，甚至被视为不务正业。他们谨慎老实，守几亩土地，与世无争，与人无争，与天无争。土地是农民的命根子，失去土地就等于失去了一切，万一将来出现某种不测，仅靠一次性补偿的征地款远远不够，那是坐吃山空啊！而把土地紧紧抓在手中，情形就大不一样，人心是踏实的。

为了减轻群众的心理压力，柯小海在村民动员大会上这样讲："那么大一个矿搁咱这儿，势必会拉动与之配套的新生产业的发展，这叫土地流转。我们把土地转租给国企，价值只会有增无减，因为它能为我们创业和富余劳动力就业提供许多机会。如果把二号煤矿比作一艘航空母舰，我们就是停在它的甲板上随时起飞遨游蓝天的战斗机！"

由于前期工作认真扎实，征地进展十分顺利，用了不到一个月就地款两清，不留任何后遗症。

中国14亿人口，18亿亩耕地为底线，人均耕地是一亩二分，平均亩产320公斤，按此计算，一亩二分耕地的粮食产量约380公斤，以人均粮食370公斤计算，18亿亩耕地也就是中国人的"口粮田"，这也是"底线"。土地承包制四十年了，土地上也积下不少纠纷，原因五花八门。如今确权、重新丈量、流转……过程琐碎而艰难。

二号煤矿负责人梅方义动情地说："你大概也听说过，以前为征地，我们吃尽了苦头，一说征地就头疼，你们村好啊。"

征地款属于个人部分的，分文不差，很快付清。

发展初期，合作社、村集体95%的利润都用于给群众分红。这种"分干吃净"的分红办法，村上后来觉着行不通，不利于村子长远发展。于是，这次属于村集体的80余万元没有按人头下发，而是作为创业基金暂存起来留待后用。可是群众有猜疑，担心这笔巨款会被村干部贪污或挥霍掉。

平心而论，以时下政策说，群众要求分钱是合理的。但是，一次性发下去，集体没有一分积累，往后要上项目，搞实业钱从何来？

黄陵矿业公司早于数年前就征用了前川好几个村子的地，有的村子把钱按人头一次性分完，群众用所得的钱自由折腾，开饭店的、办商店的、跑运输的、搞企业的……风起云涌，五花八门，由于缺乏领导和统一管理，形不成规模，成不了气候，最后大多自生自灭，有的人甚至沦落到赔光老底连吃饭都成问题。

这其中的教训是什么？当然是失去了党支部的坚强领导，没有形成一套统一科学的管理机制，村集体没有积累，没有实业，党支部、村委会成了毫无作为的摆设，任由个人单枪匹马地进行江湖式经营，其结果只能是失败。也有的村子，虽然截留了一定数目的发展基金，皆因说不清道不明的原因，短短几年时间，钱没了。由此看，群众的担心也是有理由的。

有那么一段时日，柯小海陷入沉重的思考——既然如此，倒不如全发下去，群众的眼睛再也不用老盯在这笔钱上，村上也用不着背着这个大包袱让人指指点点，落得个清静安然又有什么不好呢？可是发了以后会是什么局面？肯定是散兵游勇式的零敲碎打，本来可以集中使用办点大事的资金一经分散就撒了胡椒面，什么事也休想办成。

怎么办？发还是不发？

柯小海思考的最终结果是：不发！

不发就要对群众有所交代，就要把这笔钱的一分一文都花在刀刃上，让所有人都心服口服。这是一项重中之重的工作，这一课必须补，必须尽快解除群众的信任危机。

柯小海做人行事从来都是雷厉风行，在他的主持下，很快为村干部制定了"三不三要三规范"原则，即"不贪不占不拖拉，要勤快要务实要敢负责，理论学习经常化、事务决策民主化、财务管理透明化"。在财务管理上还有更具体的规定"村集体支出的每一笔钱，必须经由班子成员集体签字通过，重大支出必须经由村民大会表决通过。每半年公布一次账务，所有财务活动必须置于群众的强力监督之下"。这一举措的出台，在使群众完全放心的同时，也成了党支部、村委会永远的铁律。

同时，针对农村产业发展困难、集体经济管理模式滞后的问题，他提出了"支部牵头、企业管理、村民参股、市场运作"的工作思路，并首创了党员值周制，推行"板凳轮流坐、都来当村官""小事支部研究、大事集体决策"，实现了村务管理由"为民作主"到"由民作主"的转变。

现在看来，柯小海约法三章的深远意义——一开始就树起了班子形象，凝聚了全村人心，为快速发展打下了牢固基础。

## 7

建矿之初，矿区并不愿意跟村上合作，担心群众不讲理、胡搅蛮缠，工作不好弄。柯小海和矿上交往的过程中，也猜到了他们的心思和顾虑。这么大的国有企业能落户到村，这是多好的机遇呀！为了给企业创造良好的建设环境，打消他们的顾虑，从矿上征地开始，柯小海就做好群众的思想工作，坚决不能让群众漫天要价、围堵施工，并主动上门和矿上沟通，慢慢地就和矿上建立了良好的关系。

有一年，一场大洪水淹没了索洛湾村崖头庄小组，柯小海不顾腿脚多处受伤，带领全村35名党员干部及时投入到转移群众和抢搬财物中，使受困的15户45名群众全部安全转移。当得知黄陵矿业二号井的一个工队所住房屋进水，需要转移时，他又发动村上党员干部腾出40间房子，让百余工人有了临时住处。

当时二号矿建设得很快，很多车都来拉煤，都没有地方停车。上百辆大家伙因找不到停车场到处乱停乱放，让本就逼仄的公路常常摆一条扭七趔八的数千米长的黑龙阵，行人和其他车辆过往极不安全，剐蹭、磕碰的事经常发生。

柯小海就想，为什么不能办个停车场？既能解决二号矿的停车问题，又能增加村上收入，村上以停车场为主体，与之配套的产业诸如洗车、修车、住宿、餐饮、商店等等，会自然而然应运而生，富余劳动力就业、村民自主创业等一系列问题便迎刃而解，一盘棋一下子就走活了。况且这是一次投资、长期受益的事业，简直妙不可言。

但是，这件事必须和矿方协商，取得人家的同意和支持才行。

柯小海去和矿长谈的时候，人家挺为难的：他们正在计划筹建停车场，以解决部分子弟的待业问题！

柯小海说："你们是国企，摊子大、底盘厚、岗位多，问题好解决，可我们就不一样了，失去土地的村民无事可干，游手好闲，后续发展问题已成燃眉之急，如果解决不了，会给我们当下造成克服不了的困难。为了农民兄弟，你们就发扬发扬风格吧！"

矿长本来就认可柯小海的为人，又明白这是为一大批农民兄弟出让利益，便爽快地答应下来了。

经过与村民商议，柯小海提出"依托矿区，搞好三产，增加收入"的发展思路。征地时他挨家挨户动员，并向乡亲们承诺："大伙把地给我，就是把命给了我，我绝不会辜负这份信任！"

仅用两个多月，总投资90万元，一座"支部牵头，企业管理，集体控股，村民参股"的大型现代化停车场建成投用了。洗车场、修理厂、综合运输公司、住宿、餐饮、商店等等步步跟进，一条衔接紧密的产业链不到一年就随后形成了。

彼时，村民纷纷疑惑弄停车场有没有用呢？村上把停车场建好后，果不其然，事情就按照群众的担心来了。拉煤车都停在公路边，就是不往停车场里停，还告村里乱收费！

在这期间，矿上的拉煤车也是越来越多，公路窄狭，经常造成堵车现象，结果就被媒体曝光了。这件事也引起了县上的重视，柯小海借此给县上领导汇报了村上建设停车场的想法，为了规范有序停车，解决道路拥堵问题，柯小海又多次跑到矿上沟通，和交警队协商。最终，有了矿上和交警部门的支持，所有的拉煤车都很自觉地停到了索洛湾的停车场。

通过这个停车场，索洛湾村集体收获了第一桶金！有多少？

当年，该项目收入70万元；次年，收入超过100万元。后来稳定为年收入400余万元。

看到这么多钱，群众高兴得不得了。这条路柯小海也就走通了，也就解决了一系列事情。后来，矿上也给了村里大力的支持。依靠矿区煤炭运输，索洛湾还采取集体控股、全民入股的形式，成立了洗车场，随后几年，柯小海又带领本村及周边村子组建运输公司，公司年收入达到1000余万元，村集体收入也就越来越多。

## 8

2004年的时候，柯小海带着群众去河南省南街村参观学习。南街村是索洛湾很多群众梦寐以求的一个地方，经常听人说有多好多好，从来没去过。村里的一个60多岁的老人说，他连黄陵县城也没有去过。柯小海就决心把大家带出去看一看，一方面让大家见见世面、开开眼界，也让大家看看在外面人家是怎么发展的，学习学习人家的经验。

到了南街村，晚上8点多，大家吃了最奢侈的一顿饭。吃的是每人20块钱的自助火锅，由于那时候村里条件不好，很多人都没吃过，有的人吃了歇、歇了吃，就感觉那火锅特别香。

这顿饭，让柯小海非常难过，当时就流下眼泪，一定要想方设法带领群众过上好日子，群众生活没有翻天覆地的变化，就誓不罢休。

我们在前边说过，在柯小海和村"两委会"班子成员的耐心说服下，索洛湾村共有29户村民尝试产业发展新路子。当务之急，得先干起来!带着这些明白人,尽快搞成几个项目,用铁的事实去教育大家。

深知自己倡导的这次行动对索洛湾来说具有革命性意义,柯小海非常注重"两委会"班子的集体领导作用。

在一次有县、镇干部参加的会议上,柯小海给"两委会"班子郑重地强调了三点要求,颇为精彩:一是心齐心正心无私。我们是全村的带头人,所有思想行动都要集中在这个核心目标上,把它当成整个索洛湾的事业去搞,而不是只顾自己的一亩三分地。一个人做好不是目的,让29户跟着我们先走一步的人都能成功,通过示范引领把全村人都发动起来参与进来才是目的。二是互帮互学互推动。这回不是种玉米,各个项目都具有一定的科技含量,在实施过程中,除了专业技术人员的现场指导以外,大家在经验、技术、信息等环节要互通有无,挽起胳膊一起走。三是敢作敢为敢担当。路选好了,就坚定不移地跨步走,不怕跌跤,不怕失败,义无反顾,永不回头。

"如果挣了钱,是大家的,赔了算我的。"目标下了,可柯小海夜夜都睡不着觉了,经常听着田里的虫鸣到天亮。他也落过泪,却是在人看不见的地方。

柯小海在外面熟人多、关系广,29户的涉外事务全托付给了他,主要是贷款。由于户数多、份额小,手续十分繁杂,整天都是求爷爷告奶奶到处跑。那时,出山的路十分糟糕,因为前川分布着10多个煤矿,每天都有成百上千辆车往返,腾起的蹚土和着煤尘漫天弥荡,两三米以外视物不清,人是吃着土沫煤渣行进的。去一趟镇上7公里,去一趟县上47公里,无论去哪里,只要你在路上走,霎时就成了黑人。柯小海骑一辆老旧摩托车,县上、镇上不停往返,一天下来,除了眼睛和牙齿是白的,全身上下黑得掉渣。

此时,村民们心疼地给柯小海取了个外号:野猪娃儿!意思是不知疲倦,跑得快。

## 9

功夫不负有心人。在不到一个月时间里,索洛湾村先后建成了40座蔬菜大棚,培植了600平方米的蘑菇、香菇。当年5月第一茬蔬菜上市时,这两个项目就有了很好的收益。

榜样是最好的动员令。当村民们看到一筐筐鲜嫩的蔬菜运往山外时,当柯小海的蔬菜大棚不到两个月就收入7000多元时,当大家算清了种一茬玉米需半年生长期亩产值却不足300元,而大棚菜生长期仅有两三个月,亩产值却能达3000元这笔账时,没搞大棚蔬菜种植的村民就后悔了。

同时,结合县上的川道产业开发,索洛湾尝试搞秦川母牛养殖。当时还是没有钱,就贷款,用了十几家的户口本贷款买了40多头秦川牛。

牛买回来了怎么养?看到单家独户养牛很不方便,饲养和技术都有问题,村里立即着手集体建牛舍,把牛集中起来养,让群众解放出来,养牛的收入一分不少地分给群众。县上技术员离索洛湾非常远,来回不方便。柯小海就想,让每户给村上交500斤草,每天一户轮着养。一年下来,索洛湾村上的养牛经验出名了。村上也成了乡上和县上的养殖示范点。

第二年,全村蜂拥而起,索洛湾村先后建成蔬菜大棚116座,实现户均一座棚。随后,村民中出现了养鱼专业户、养鸡专业户、养牛专业户,村民张青的万只鸡场达到月均收入6000余元。

"过去紧抱玉米,现在烤烟、水稻、棚栽等多元发展。"柯小海说,"思路一转变,就能充分挖掘出土地的经济价值"。善于总结的柯小海把索洛湾的起步阶段称之为"草创期"。

实践证明,索洛湾29户"先行者"选择的路子是正确的。

在村委会开会时，柯小海强调值得牢记的经验有三条：一是班子团结凝聚形成的战斗力不可估量，在今后的工作中要继续发扬光大。二是变单打独斗为抱团发展，一改过去单一的种玉米为多业并举，充分开发利用了土地的经济价值。三是村民团结协作所爆发出的智慧、能量、内驱力、创造力和蓬勃旺盛的拼搏精神更值得珍惜！

是的，索洛湾在草创期就于自觉或不自觉间形成了集体主义观念，这个观念被后来的发展反复论证，百试不爽，成为索洛湾激发"内生动力"的法宝。

当时的延安市委书记来县上调研时安排的一个点就在索洛湾。市委书记到索洛湾一看说牛养得不错，问还有什么困难，柯小海说没有。

市委书记高兴地说："我走了一路啊，大家都说各自的困难有多大。唯独在索洛湾，啥都不要，小海是个干事的人，这样干事的人才要支持！"

市委书记环顾同来的领导干部们说："今天扶贫，怎么帮扶都不为过，关键是农民自身要产生'内生动力'。我看索洛湾这股劲，这就是'内生动力'出来了，要支持！"

此后，市上就安排给了村上支持了10万元钱。

## 10

长期以来，中国农村有一个现象——生产队解体后，村里只见个人不见集体，青壮年都出去打工了，村不村，组不组，家不家。青壮年都走了，村里落后的环境缺少人去改造，留在村里耕种的老人、妇女很辛苦。光靠种粮，解决了吃饭，但穿衣看病孩子上学都需要钱。这也是许多人出去打工的原因。

村支部大会上，柯小海皱着眉头分析说："我们折腾了几年，为啥富起来这么难？是因为我们没有组织起来，没有好产业就留不住人，村里只剩下妇女、儿童和老人。我们要依靠群众发展。我们要组织起来，成立合作社。"

见众人神色犹疑，柯小海动了情，他说："世界上所有的贫穷都是守旧懒惰造成的，所有的富裕都是勤劳苦斗换来的；世界上所有的路都是人走出来的，所有的奇迹也都是人创造的。我们索洛湾人不呆不傻，也不缺少力气，为什么就不能脱掉穷皮当富人？"

路建民说："小海说到根子上了，全村抱成团，成立合作社是对的。"

"我们索洛湾，三到五年基本脱贫；五至十年，实现小康！"柯小海一番豪言壮语，惊呆了大伙。

路建民却一字一顿笃定地说："小海这话，我也信！"

产业慢慢有了，柯小海敏锐地进行了两项关键的改革：第一项是调整产业结构，就是在现有养殖种植的基础上，把在外打工又返乡的人组织起来，搞建筑公司、运输公司。第二项就是成立合作社。

合作社在索洛湾已经不是新话题，早在20世纪50年代就有互助组、合作社，土改后家家都有地了，可是村里有妇女意外失去丈夫的、老年丧子的、全家患病的，分到了土地却缺少劳力耕作，但是节气不等人，春耕了，地没有种下去就要耽误一年。于是，有劳力的帮助缺劳力的，有耕牛的帮助没有耕牛的，从邻里互助扩展到同村互助，从季节性生产互助发展到固定的互助合作，之后就发展到几十户人的生产合作"初级社"。这些最早出现的互助组、合作社，更多的是"弱弱联合""穷穷联合"，最后发展到"强弱联合"，而不是多年后媒体上见惯了的"强强联合"。发展的结果，是这些穷人联合起来，显出了集体的力量，干得轰轰烈烈。

党的十八届三中全会关于全面深化改革的决定里说，农民有承包经营权，这个经营权可以向专业大户、家庭农场、农民合作社、农业企业流转。柯小海牢牢地记住了"流转"这个新词，他要把索洛湾分散的、零碎的，甚至被人撂荒的土地都集中起来，搞规模经营，实现效益最大化。

索洛湾棚菜和养殖业已形成规模，为了更有效地协调好产、销关系，经村党支部研究决定：成立经济合作社！棚菜合作社＋养殖合作社＝党支部领导下的联合经营公司。

这个模式的创立，实现了有计划的生产、有计划的销售，经济效益连年提高。

在这些产业稳步推进的同时，多谋善断的柯小海又提出筹建一座粮食加工厂的建议。

大家一拍即合。于是，一座由村上投资9万元，年加工量25万公斤的现代化粮食加工厂很快建成运营，袋装"双龙大米""双龙玉米糁"顺利进入市场，供不应求，当年赢利50余万元。此举还带动了大院子村、官庄村、河浦村筹建发展了豆制品加工厂和中蜂养殖业。

为了更有效地协调生产和销售的关系，柯小海带领村民整合了原有的3个最初级的小合作社，成立了索洛湾轩辕土特产专业合作社，吸纳成员58人，通过提供产前揽订单、产中助管理、产后帮销售服务，帮助村民科学种植，共同打造索洛湾农产品品牌。合作社还积极开展线上线下销售，在淘宝、乐购等电子商务平台开办了6个网点，在西安、延安、宜川等地开办了8个实体店，实现了农户与消费者"双赢"。

## 11

大河有水小河满。集体经济要发展，必须让群众参与进来。大家拧成一股绳才有劲！他们就商量，村上整合所有可以利用的土地，让村民以土地经营权入股，又将部分集体土地或资产再租给村民，村民所付的承包金纳入集体收入。这样一来，群众的收入增加了，积极性更高了，也促进了村子长远发展。

经过十多年努力，目前索洛湾村集体资产壮大到近亿元。村集体经济日渐殷实。不到十年间，索洛湾一改"姑娘外嫁喜洋洋，小伙娶妻愁断肠"的恓惶面貌，迈出了"资源变资产、资金变股金、农民变股东"的历史性跨越。

索洛湾人终于有钱了！

自2005年起，实现人均年分红5000元，人均年收入25000元，公共积累1800万元，比2000年以前翻了10多倍。

柯小海一诺千金。他用铁的事实兑现了"三至五年实现脱贫"的诺言，也向世人庄严宣告：索洛湾人选择的"发展集体经济，走共同富裕的道路"是正确的。

毋庸讳言，索洛湾第一次经济腾飞得益于土地流转。因了这次成功的流转，实现了"资源变股权，资金变股金，农民变股东"的历史性转折。

柯小海心里有了底。他说："在发展模式上，该变的一定要变，不变就没有出路。但是坚持党的全面领导这一条千秋万代都不能变！"

其实就是从这时起，索洛湾人就解决了自己从哪里来、走什么样的路、要向哪里去的问题。

集体经济发展壮大了，村上的运输公司、工程公司、旅游公司、停车洗车餐饮龙湾汽车服务公司吸纳300多人就业。群众的就业岗位也增多了。村上利用运输队，每年组织劳务输出70余人，协调周边矿业公司招录工人50余人，依托薰衣草庄园、沮河漂流、生态餐厅等项目，吸纳48户村民就业。村民们一边按人头在集体经济收入中分红，一边又以劳务输出的方式打工赚钱，可获得分红和务工两份收入。

## 12

2013年，黄陵国家森林公园开工建设，索洛湾村的发展再次有了新的机遇。

陕西黄陵国家森林公园建设工程拉开帷幕，入口本来定在别的村子，但因土地租用问题谈不拢，被搁置下来了。柯小海获知情况后，立即找到公园总负责人刘某，主动要求把公园入口建在索洛湾。

柯小海说："你们唱大戏呢，能不能让我们村借您的台子唱个小折子戏？"

刘某因在征地问题上屡屡碰壁，有点不大相信，问他："这么简单，靠谱吗？"

柯小海说："你只要愿意来，我会向你提供全方位支持，且条件优惠，租金最低。"

刘某十分高兴，说："早就听说你这人豪爽、干脆、大气，果然如此。时间很紧，十天拿得下来吗？"

柯小海的回答是："三天就够了！"

其实柯小海是经过深思熟虑的。此前，他曾不无遗憾地说过这样的话："森林公园是篇宏伟壮阔的大文章，围绕它可以作做多精美的小文章，可惜出入口都不在咱这儿！"

现在公园入口谈妥了，但是困难和阻力比他预想得要大。开群众会的时候，部分群众就有意见了，说："每亩租金只有1200元，比给二号煤矿的租金低不少，我们吃了亏。"

这一情况的出现使柯小海多少有些意外。

柯小海给大家说："这次出租的全是荒地，闲置着一分钱价值也没有，一亩地一年1200元，10亩地12000元，100亩120万元。为什么要把地流转租给森林公园，原因只有一点，把景区修到咱们村口，那么咱们村就是景区，只要有景区，我们就能挣钱，譬如开旅店、农家乐，还有工艺品、文化产品开发等等。如果森林公园景区办公区修在索洛湾，就是整个的旅游服务中心在索洛湾，带来的效益还不止这120万。再说，公园一旦发展壮大起来，我们周边的山水必然得到规范化处理，人居环境将会得到根本改善，而这些投资无须我们花钱。我们低租金流转土地并不是丢弃利益，而是变废为宝。大家都在心里算算账，好好琢磨一下，这到底是不是好事？划不划算？"

经过他这么一分析，有顾虑的群众都开心了。

通过这件事，刘某觉得村里的人不胡来、有诚信、可靠，才开始和柯小海班子打交道。第三天下午，他和公园方确定了入口引进方案。

在公园建设期间，柯小海闲暇时总去附近的沟沟岔岔、梁梁峁峁到处转，貌似逍遥，其实是在搜索和寻找其中的契机——如果索洛湾把国家森林公园建设作为发展自己的依托，完全有条件开展属于自己的旅游产业，虽说目前还没有成熟方案，但优势是明摆着的。顺着这个思路，他又联想起村子西头向北伸去的窨子沟，那是他儿时的乐园。

窨子沟不算深，约2000来米，也不宽，最宽处不过百米，但风景却极其神秘、奇特，有两眼泉水清冽，流量充沛，二泉之水相汇，将一条白练似的小溪伸向沟口。一入沟口，地形活脱脱一个巨大簸箕，三围赭红色危崖高处，凸现几十个大小不一的石窟，距地面两三丈，想必是上古先民们为躲避灾祸架着云梯开凿出来的藏身之地……可是因没有可以攀爬的路，谁也没上去过，这便使人对此怀有永远的神秘感。再往后走，就是世外桃源一样与世隔绝的是峡谷寨，要想从窨子沟到峡谷寨，以前必须通过特殊的绳索或者吊篮才能进入，往后走地势忽然开阔起来，大桥山以西山脉清晰可见，云遮雾罩，犹如置身桃花源中……如果把它开发出来，与黄陵国家森林公园景观和河道漂流接通，那不就是一条浑然天成的风景线吗？！

窨子沟

面对柯小海乡村旅游的思路。村民一听纷纷摇头:"几辈人都守着这山沟沟,有啥逛头?"

"咱们的每一分钱都来之不易,并没有富得流油,咋能随随便便就往野山荒谷里扔?那得砸进去多少啊!再说,那种玩玩乐乐的洋火事就不是咱农民该干的……"党员陈安平和柯小海年纪相仿,自小海上任以来就如影随形,不离不弃,亲身经历见证了柯小海的每一次决策,是最坚定的支持者之一。但是这次,他明确表明了自己意见:"我不同意!"

副支书阮怀林说:"我同意安平的意见。你说依托黄陵国家森林公园搞一搞餐饮、住宿、农家乐、工艺品、文化品开发的思路我是赞成的，但要另外上那么大的实体项目，以我们现有的财力说根本不现实。眼下，咱们的新区建设正在进行中，总投资好几千万，我问你，你是该集中力量建新区还是建一条什么也不是的破荒沟？"

在这里，要给读者交代一句。阮怀林说的"新区"，是自2005年以来，索洛湾有了可观积累后，首先考虑的自然是基础设施建设。按村民要求，经县、镇两级批准，村集体投资在老庄基地南面平整出60亩土地，建设一座容古典特色与现代人文理念相辉映的新农村规范化、标准化新区。建成投用以后，每户只需缴纳10万元就可入住上下两层200多平方米的小洋楼。此工程已于2011年开工，完成了主体建筑，工程正在紧张进行中。在这样的节骨眼儿上提议开发景点，首先是资金无法分配，这也是事实。

"那么多地方搞旅游都发了，咱好山好水，咋就不行？"柯小海倔脾气上来，一家一户做工作。

峡谷漂流、卡丁车场、农业观光园……柯小海的蓝图终于打动了淳朴的老乡。

于是，磕磕绊绊，索洛湾开始调整规划，把双龙古镇规划到村上，这个"小船"借人家黄陵森林公园这个"大船"，发展起了乡村旅游，先后建起了峡谷寨景区、沮河漂流等项目。

此后，村民们在村委会的带领下开建特色民居192套，实施了峡谷寨（窨子沟）景点开发、沮河漂流、仿古牌楼建设等项目；完善旅游产品开发和接待服务，建立了山核桃工艺品加工厂、半亩田生态园、生态花园餐厅和采摘园等，打造吃、住、娱、观光旅游的产业链。功夫不负有心人。如今索洛湾已是小有名气的乡村旅游景区，上百位村民吃上了旅游饭。

梦想似乎并不遥远，对索洛湾人来说，真正体会到了绿水青山就是金山银山的真理。以前是用绿水青山去换金山银山，不考虑环境的承载能力；再后来是既要金山银山也要绿水青山；到现在是用绿水青山源源不断地带来金山银山。

峡谷寨景区

从2012年黄陵国家森林公园入驻后,索洛湾的发展几乎是飞跃性的提升,依靠绿水青山,立足长远,村子最终达到"金山银山"的效果。行走索洛湾,柯小海的"金点子"随处可见:采摘园、跑马场、仿古街,相映成趣。村里开发的峡谷寨景区内,流水潺潺、曲径通幽……

## 13

索洛湾"家底"越来越厚,但柯小海花钱依旧"抠"得很紧。

在这里,有一个精彩的细节可见一斑——打造峡谷寨景区时,需要开山凿洞,经过专业测绘,从前沟到后沟的直线距离124米,地质结构为清一色红砂岩，要想使两条沟贯通，就必须从红石上挖掘一条高2米、宽3米、120多米长的石洞，难度很大。

设计之初，设计方就告诉村里，没有大型机械是不可能完成的，而且就算有，也需要花费巨额的费用。如果修，市场上搞工程的有人报价500万元。

放弃吧，等于丢掉了一块价值连城的风景瑰宝，损失太大；硬上吧，本就紧缺的资金无力承担，怎么办？

修还是不修？自己修还是给搞工程的？村民能再次发动起来吗？

集体讨论，大家都面面相觑。

"不修景区就没有看点和特色，吸引不了游客。用一条隧道贯通南北两条沟，这是绝佳创意。修！困难再大也要修，非打通不可！"柯小海当时就表态。

景区处处都要花钱，柯小海实在不忍心花这么一大笔钱。开山凿洞是技术活儿，由专业人员操作，大量的石渣、石块则全部由村民义务拉运。就这样干！

第二天，100多名青壮劳力就在沟里摆起了战场：洋镐、大锤、钁头、铁锨、扁担、笼筐、架子车……所有能拿得出来的工具全用上了，从沟掌到沟口，人影幢幢人声沸沸，如火如荼的气势把这条沉寂了几百年的荒沟填充得满满当当。

120多米长的隧道，单石渣就能堆一座山，量非常大，由于洞口开在距地面丈余高的岩壁上，运送渣石须分成两组作业，第一组从洞子里往下倒，第二组从沟底下运出去。

因受施工场地限制，大队人马摆不开，柯小海便把劳力分成4个组，一个小组8人，每个小组又分成上下各4人轮流作业。一天一组，每组干一天休息3天，如此循环，确保每天都有一组人马清理渣石。

从岩石上凿洞是件十分困难的事。为防止地质结构发生变异，不便放炮，只能用电钻、电锤、钢钎、撬杠那类较落后的工具慢慢打，进度很慢。

公道说，每组干一天歇三天说不上有多累，可这条隧道打了一年零三个月，在这样一个漫长时期，无须任何人监督、敦促，每组都能按时按点接班，中途某人有事请假，他都要安顿好顶替自己的人，从未出现过空班少员现象。

"我观察了，你们村人不挣一分钱还能乐呵呵地干，一年多时间没有一个躲奸溜滑的、无故不来的，这简直就是奇迹！"连负责凿洞的技工们都被感动了。

一位姓屈的青年掘进工说："我的家在陕北农村，是山沟沟里的一个穷地方，村子规模、人口和索洛湾差不多，可长年都是空落落脏兮兮的。为什么呢？因为年轻人无论男女，90%都去外面打工了，留在村上的全是老人、小孩。村委会其实就是个空架子在那里摆着，毫无用处。村上没有资源、没有产业，领导没心劲群众没精神，连许多耕地都撂荒了。村道里时常是猪狗乱窜疯草乱长。大家都是各扫门前雪，互不来往，人心就越来越散。想开个会，连人都叫不来……"

2015年9月，这条120米的石洞终于全线贯通，实现了南北两条沟的准确对接。这条石洞，由村里全体村民投工投劳，用最原始的工具，一寸一寸将山凿穿，转运土石，咬住牙，打了一年多，终于打通了。

报价500万的工程最终花了50万元就完成了！索洛湾人民在自己的创业史上又书写了壮美的一笔！

事后，村民评说到："如果当时没有人敢担当，这洞子就不会有。"

柯小海："如果当时打洞子出了事进监狱，我也愿意，我是为了老百姓的事进监狱的，我不丢人。"

镇上的领导说："谁敢保证打洞过程中不出事，所谓担当，这就是担当！事情没有弄之前里面有风险，那么这就是让我们领导要去担当的！"

……

打通了石洞，柯小海又有一个心得："干成一个事，你才能感觉到幸福是什么，所以干工作，我们一定要认真，一定要对得起老百姓……只要我们守住了老百姓的利益，我们就是无畏的。"

## 14

"两袖清风，哪有什么妖魔鬼怪！"柯小海说。

"一心为集体，路就不会偏。"柯小海说。

索洛湾的富裕时代起始于2005年，那时就实现了人均年分红5000元，人均年收入25000元，公共积累1800万元。2007年经省、市考核达到了"小康村"标准。柯小海成功兑现了上任时五年至十年实现小康的诺言。

村子富了就应该利益共享。村里发展好，还得管理好，否则将会前功尽弃。怎样才能做到公平公正、不偏不倚，最大程度体现集体经济的优越性？挣钱难，花钱也不容易，因为要把每一分钱都花在合情合理的地方上是需要动脑筋的。

从2003年开始，村上就探索了"三不三要三化"管理制度，于2005年起实施由村集体出资的六大福利。从这些看，索洛湾的"发展集体经济，走共同富裕的道路"的目标确定无疑地实现了！

从贫穷和苦难中走过来的索洛湾人终于甩掉了那顶压在头上的"烂杆村"的破帽子，在以崭新的精神面貌享受美好生活。

村干部不仅是群众的主心骨，更是群众的榜样。你为群众办实事，群众就会踏踏实实跟着你干。用好制度，管好自己，才能管好一个村。

柯小海当时是村支书兼村主任，但村集体的财务他从不沾手，收入多少、开支多少、往哪儿花，都由理财小组掌握，提出初步方案，

"两委会"召集村民代表集体讨论决定。这些年,柯小海给村上办事,没花过村上一分公款,没吃过别人一顿酒席,贴自己的钱也是常有的事。现在,有些集体经济好的村都头痛群众上访,但索洛湾村从来没有。

在索洛湾,大到工程项目谋划,小到生活用品发放,都是村民商量着来。所以,村上开会,党员群众积极性特别高。他们通过党员值周制,村干部轮流做,都来当干部,大事支部研究、集体决策,小事党员主张,提高党员的参与度,既调动了党员的积极性,又推动了工作的落实,也使党员感到有担子、有压力、有责任,形成了共同管理村组发展的新模式。

村组事务大家共同治理、共同管理、共同监督。周一村干部开例会,大事小事会上定,公开议论。村党支部提议,村两委会商议,党员大会审议,群众表决,把村里大事小事交给村民代表大会集体决定,实现村务管理由"为民作主"到"由民作主"的转变。

在农村,有许多矛盾都是由于不公平导致的,而集体分红最容易产生矛盾。

2017年,索洛湾村每人都拿到了6000元钱的分红,没有一个人有意见。什么人能享受到年终分红,村有自己的规定。首先要户口在村上,新嫁来村上的媳妇和村里新生的娃娃当年不享受年终分红,到下一年就可以参加分红;村里有老人去世,家属仍旧可以拿到老人当年的分红。会上,对全村人口变动情况进行了登记,对分配有异议的地方提出来集体讨论。最后,村干部将每家每户的分红数额张榜公布,大家没有异议就可以到村委会领钱了。对于村里这样的分红办法,大家都觉得很公平。

正是这种公开公正,化解了矛盾,不仅赢得了村民认可,也凝聚了村民发展的合力。

## 15

一个好社会,不是有多少富豪,而是没有穷人。

"总书记说,人民群众对美好生活的向往就是我们奋斗的目标。村民所期望的,就是我们这'两委会'班子的工作目标。"柯小海说,"近多年来,我们村集体每年都进行分红,最高的一年我们村每人分到了7000元……"

党的十八大以来,中央把扶贫工作推向了前所未有的历史高度,一场全国性精准扶贫攻坚战全面打响。确切说,自2005年起,索洛湾就把"扶贫帮困"确定为重点工作之一。2006年,为实现共同富裕的目标,索洛湾采取"支部抓基础,党员做示范,富户联穷户"的办法,将全村100多户按富裕、发展、贫困三个类型划分,共划分富户33户,发展户67户,贫困户16户,户户建立了增收明白卡,明确任务和增收措施。要求33户富裕户每户联系两个发展户、一个贫困户,从项目、信息、技术、资金等方面提供帮助和支持,促其致富。对67户发展户,支部在扩大产业规模、优化产业结构、提高科技含量方面给予重点支持,使其创业进位更快。对16户贫困户,实行支部给产业基础,党员给技术服务,解决大棚、薄膜、农药化肥等生产资料。同时协调黄陵矿业公司二号矿的党员领导干部与贫困户结成对子,帮助他们建立长期稳定的致富产业。

索洛湾作为远近闻名的小康村,2017年以前有4户贫困户,都是很特殊的原因造成的,比如智力缺陷、身残、孤寡、因病返贫等。他们是索洛湾的贫困户,在其他村也许算不上,因为有村上发给的低保和米面油等生活日用品,能够保证一般条件的衣食住行。

这一年,村上对因智力缺陷迟迟不能脱贫的朱德才、乔社教和因病返贫的张贵荣、叶庆英这4户特殊户，会同县、镇工作组，分别实施了解决措施。

朱德才和乔社教常年享受村上的各项福利，只是因为智力缺陷，孑然一身，缺乏监护。根据这个情况，县、镇工作组和村干部共同协商，说服朱德才的弟弟朱拴虎，乔社教的哥哥乔锁接纳亲人，使其正式成为自己家庭的一员，享受正常人的生活，村上给予一定的经济补贴。

张贵荣因丈夫、儿子突患顽疾，由富返贫，并欠有外债。为彻底解决问题，使这个家庭具备造血功能，村上集资给予筹建小型生猪养殖场一座，使她通过自己的努力重获新生。

叶庆荣也是因给儿子看病花钱太多返贫的。儿子经过长期治疗、恢复，已具备一般性劳动能力，村上立即安排他去村实体水上漂流管理处上班，月工资2000元，使这个家庭很快摆脱困境。截至2017年，富裕户增至86户，发展户降至30户，无贫困户。

柯小海常说，对贫困户除了政策帮助，还要有情感注入，要尊重他们，善于和他们交流沟通，人性化、人情味是政策以外的另一种力量，不可忽视。孤寡老人乔金山，80多岁老眼昏花，谁也不认识，但他认识柯小海，每次见面都能叫出名字，说明柯小海去得最勤，聊的时间最长，给的关怀最多。

柯小海是一个见不得穷人受苦的人。崖头庄村民潘文龙，50多岁，当过村干部，平时看似很坚强，他们家近几年因为儿女的事，生活有了很大困难，但就是不愿意给别人说。柯小海了解情况后，主动和他沟通，帮助他家发展养猪产业，有了稳定收入，最终帮他家解决了困难。

村里有一个杨姓人家，男人娶了一个哑巴媳妇，妻子因车祸遇难，男人癌症去世，11岁的儿子杨亮宝成了孤儿。柯小海领养亮宝长大成人，供其完成学业，找到了工作，购置了婚房、操办了婚事。

村民乔生贵患上精神疾病后意外死亡，柯小海将他的孩子乔大亮和乔园园领到家里抚养。

这些年来，索洛湾群众逐步都过上了好日子，可是周边村组还有不少贫困群众。看到他们日子过得不好，柯小海心里也很难受。为此，镇上采取"强村带弱村、先进帮后进"的帮带模式，采取"合作社＋贫困户"的方式，把附近官庄、河浦、崖头庄等贫困村组35户贫困户吸纳进合作社，免费为每户贫困户提供10箱中蜂，作为产业基础。有养殖技术条件的贫困户可以自己饲养，合作社统一收购、销售、年终分红；无技术、无劳力的贫困户的中蜂，由合作社养殖，年底也可参与分红，这样一来，这些贫困户户均年增收1.3万元以上。

柯小海说："扶贫就是扶心，帮困就是帮能。"

在制度上，支部制定了三条具体规定：一是集体企业的合适岗位，首先确保贫困户入岗。二是对贫困人员的各种诉求，要在第一时间解决落实。三是从支部书记做起，逢年过节，"两委会"成员要届时慰问，给他们送去关怀和温暖。这三条索洛湾一直坚持着。

索洛湾通过多年的扶贫实践证明，只有把人心扶起来，使他对生活充满信心和希望，自然就能焕发出改变自身命运的智慧和能力。个别由于特殊原因造成的贫困人员，到任何时候都会有，比如完全丧失了劳动和生活能力等等，这种人仅靠扶贫政策是不行的，要解决根本问题，就必须建立制度化保障体系。对个别完全失能者来说，这个政策将会像法律那样，确保他们有尊严、有质量地活着。这也是索洛湾集体经济制度的优越性之一。

它的闪光点在于：当集体积累达到某种程度时，就有能力解决群众的一切困难！

## 16

走进索洛湾，处处是匆忙的身影；走进村里的农家，顿时感到恬静与舒适。

经过二十年不懈努力，现在的索洛湾村产业板块已涵盖工、农、商、服、游等多个领域，村集体经济从负债起步一路增长，实现了从温饱到小康的跨越——集体经济收入达6000万元，农民人均纯收入突破3万元，实现了"温饱—富裕—小康"三级跳。

索洛湾在村委会设置了便民服务室，为群众提供政策、村务咨询，代办各种审批等服务，帮助群众解决生产生活中遇到的实际困难和问题。村民全部免费享受养老、医保等保障政策，村里给每户村民免费配发了电视机、电冰箱、电脑，安装了电话和有线电视，定期给每户村民发放米面油及生活用品，定期体检，每两年组织全体村民外出观光旅游，群众的生产生活和精神面貌发生了天翻地覆的变化。

重视学习的人必定重视教育。索洛湾从孩子抓起，村里幼儿园、小学实行免费教育；中学以上一直到博士都有奖学金制度。村中还建设有新时代农民讲习所，延续着培训农民和干部的好传统。

一个人、一个村富起来不算富，只有大家都富起来才是真小康。由于坚持走共同富裕的道路，索洛湾在人才的建设中，培养出大批发展集体经济、擅长于发展产业的年轻干部。

纵观索洛湾的利益分配，以民为主，公正透明，不偏不倚，人人平等的政策举措，无一不折射着集体经济的光辉和力量。从这个意义上讲，索洛湾由"贫穷落后"变"富裕文明"的道路模式对当今农村经济综合发展，必将起到毋庸置疑的示范引领作用。

柯小海没有满足于索洛湾现有的成就，他又采取"财政配套、集体出资、群众集资、社会投资"的办法，规划占地面积24亩，总投资5000余万元，启动实施了索洛湾新型农村示范社区建设。修通旅游路，提升村里景区的品质，再打造一个湿地公园……在柯小海随身携带的笔记本上，下一年的工作计划已列出不少。

"喏，你看，那是村里正在建的宾馆，我们想把全镇老人集中到这儿做日间照料。身体好、有兴趣的还可以当志愿者，给游客讲讲民俗，再拿一份工资。"说得兴起，他激动地握了握拳，"咱村富了还不够，要让整个双龙镇群众都走上康庄之路。"

熟悉柯小海的群众知道，话从他嘴里说出，就一定会"算数"！索洛湾用了二十年的时间证明这一点，只要肯尝试、肯奋斗，都会迎来真正的好日子。

## 17

比经济建设更重要的是人的建设。

多年以后，索洛湾作为"小康村""文明村"而声名远播。村上制定了符合本村实际的"村规民约"，通过"入户、上墙、进课堂"等手段广泛知晓，同时，建立健全了民调会、治保会、红白理事会，深入开展"好媳妇""好婆婆""乡贤""十星级文明户"等评选工作，全体村民的精神文明意识得到进一步提高。

带着问题参观索洛湾的人会发现诸多与众不同：一是村容整洁。主要街道、小巷里弄都整饬得十分干净，连一辆农用车、小汽车、摩托车也看不见，它们都集中停放在村东的专用小停车场内。这样的秩序在城镇也很罕见。二是从村街往返，除了偶尔碰见三五个老人坐在荫凉下的休闲椅上谝闲传，基本见不到年轻人，年轻人都干什么去了？他们都在二号煤矿、在黄陵国家森林公园、在本村实体上班，都有属于自己的一份稳定职业。

三是刻意寻找也找不到扎堆下棋、打牌的群众。四是不存在其他村司空见惯的那类因点鸡毛小事就闹哄哄乱糟糟的事,一切都是那样井井有条清清爽爽。这个村子总给人以内在的、气质上的温存与祥和。

什么是村风,这就是村风!

……

老支书路建民说,索洛湾现在的好村风也是抓出来的。早在2002年,柯小海就提出,衡量一个村子的好坏,财富并不是唯一标准,他要的好村子是"党支部要亲党爱民,要廉洁用权,要无私奉献。村民要有道德操守,要有文化素养,要有文明气质"。这才是好村子的样子。

为了打造风清气正的村庄形象,自2003年起党支部就出台了"三三制",内容为:

### 村民约法三章

一、遵纪守法,品端行正,有集体观念和公德意识。

二、懂礼仪,知廉耻,尊老爱幼,邻里和睦,以孝为荣,以善为傲。

三、远离黄赌毒,不涉足所有非健康场所,不扯是非,不生乱子,如有违犯,严厉惩处(经济处罚,批评教育)。

### 党员干部约法三章

一、一切从人民利益出发,用好用准手中权力,不奢靡,不骄纵,襟怀坦白,情操高尚。

二、不贪不占集体财物,光明磊落,干净做人,为村民起好头、带好路。

三、禁绝黄赌毒,不请客送礼,不行贿受贿,如有违犯,严厉惩处(纪律处分,经济处罚)。

"三三制"从语言逻辑角度看似乎并不严谨，但每条都是实实在在的规矩。

这个"三三制"管用吗？

路建民说："管用。作为全村带头人的柯小海本身很硬气，是约法三章最好的执行者，任何人都别想在他的言行上挑出毛病，说谁谁就得听。"

大约是2011年，一个村民组长招一帮人在家打麻将，柯小海知道情况后赶到现场，飞起一脚，踢翻桌子，没说一句话就走了。第二天，这个组长到村委会承认错误，还写了保证。从那以后，打麻将在索洛湾彻底绝迹。村民王某因不能很好孝敬病中的老父亲，柯小海知情后赶过去指着鼻尖一通训斥，又教育他说孝是做人的第一要务，是立身处世之本，如果连自己的父母都不孝敬，谁还会把你当人看。王某知道自己错了，表示往后一定从方方面面管好老人，再也不做丢人丧德的事了。当天下午，王某还把一份检讨书交到村委会。

人说"领导走得端，群众不跑偏"，正因为有党支部的坚强领导和柯小海的率先垂范，村上的大环境、小环境、大风气、小风气才会一年更比一年好。索洛湾算不上大村，但也400多口人，大大小小的麻缠事几乎天天都有，柯小海只要在家，绝对事必躬亲，随时解决。村风的逐年好转，村民素质的不断提高，就是通过对这些点滴小事的纠正慢慢形成的，时间一长，就养成了良好习惯。

从2003年至今，十多年过去了，索洛湾从未发生过刑事案件，五星级文明户、优秀共产党员、模范村民、好公公、好婆婆、好媳妇不断涌现，连续被省、市评为"治安模范村""党建示范村""小康村""文明村"等等。这些荣誉的获得，确定无疑地证明这个村子不仅富裕而且文明。

## 18

是什么促成索洛湾的巨变？是什么凝聚起索洛湾村民的集体力量？

农村土地集体所有制，是中国共产党革命取得的伟大的制度性财富。村是中国最基层的地方，缺了集体主义和集体经济，村子就涣散了。巩固农村集体所有制和加强党支部在农村中的领导作用，是农村改革中的两件大事。

"一犁犁到头，自个救自个。"这是柯小海的金句名言。前半句讲的是跟着共产党走共同富裕的道路不动摇，后半句讲的是依靠全体村民力量建设自己的家园。这是索洛湾的两大法宝：党的领导和村民自治。

"索洛湾村能有今天，变化在于村党支部，在于把村民组织起来了，抓住壮大农村集体经济这条主线'抱团发展'，以后的日子一定会越来越好。"索洛湾村老支书路建民说。

路建民说："索洛湾的变迁可写成一部创业史。土地承包到户以后，村民的集体主义观念消失，私念第一，唯我是从，都各在各的承包地里苦巴苦地刨食吃。1999年，在外面闯荡了五六年、积累了一定个人财富的柯小海回村上找我，说他想入党，想参加村干部选举，想给村上办点实事。当时他才24岁，正是'嘴上没毛办事不牢'的年龄。我说入党进步是好事，你马上就写申请书，我当你的入党介绍人，可你想当村干部的事可得把利害得失想清楚，你个体运输正搞得红红火火，腰包一天天往起胀，多少人羡慕你哩；而你当个谁都不愿当的村干部，只能是拖累受穷干不成个事，这笔账你算过么？小海说账不能这样算，如果我只顾自己，再拼上三五年，成为百万富翁的可能性是有的。但我是咱们索洛湾的子孙，我一个人富了大家都穷着，心里不安宁啊！我说你可想好。他说这件事他都想过一百遍了。我见他是真心实意的，就答应他先当个小组长试试。事实证明，柯小海选择了索洛湾或者是索洛湾选择了柯小海，是全体村民的福气。小海这小子么麻搭，脑子活，能力强，品行端，是一个敢想敢干敢作敢为的人！"

索洛湾能走到今天，村民自治和党的领导同等重要。索洛湾的村民自治，该改的、能改的坚决改，不该改的坚决不改。索洛湾就是这么做的，有疑难的问题，涉及村民根本利益的决策，听取村中老人、妇女、青年各个群体的意见。一切以是否符合村民利益为标准。村上退休制度、免费教育、住房分配以及各种福利等等，以及发展什么经济，如何发展，如何分配，都不是上级哪个部门规定的，都是村民自治的结果。

索洛湾能走到今天，群众的集体参与和无偿奉献也很重要。他们的觉悟是如何提高的？积极性自觉性是从哪里来的？可以肯定的一点是，自多年以前的学校翻修、村街改造起，人们就于自觉或不自觉间萌发了团结凝聚、自强不息的意识。如果说近年来人人都有红可分有利可图，但当年村上穷得连一分钱也没有，在那种情况下大家义务投工投劳图的是什么？显然图的是支部一班人无私无畏精神派生给他们的对美好幸福生活的渴望。

"索洛湾能有今天，不是说我有多大本事，除了我们村发展机遇好之外，最主要还是党的政策好！"这是柯小海最常说的一句话。

柯小海说："一直以来，我都在想，过去，大寨精神、红旗渠精神曾是红遍全国的创业精神的象征和榜样，可在历史发展的某些节点上，这些精神好像被冷漠了、忽略了，甚至是丢弃了。我作为一名共产党员，始终坚持认为，那种战天斗地、向死而生的精神存在永不过时，人们改造自然、征服自然、美化自然、创造幸福美好新生活，需要这样的精神存在。我们索洛湾不是大寨、更不在同一个时代，但我们就是要讲信仰、讲团结、讲奉献、讲集体至上，讲群众第一，这是我们索洛湾人永远都要继承和发扬的光荣传统！"

## 19

以前，索洛湾仅仅靠传统农业方式已经无法承载农民生计，真正的贫困已日益表现为旧有生产方式的束缚，成立合作社，调整产业结构，生产的组织化和产业化焕然一新，把单家独户的农民从零散的地块里解放出来，把承包地确权流转到合作社统一经营，实行多种经营、规模经营。

深刻的道理是，索洛湾把全体村民重新组织起来，抱团发展，集体主义被放大，"内生动力"的源泉被激发，全体村民开创了崭新的劳动和生活，实现了共同富裕，发展成果村民共享。

这是改革开放四十年多来的继续深化改革，是中国农民再一次选择自己的前途和命运！

集体主义和集体经济的区别是集体主义包含了人的精神，包含了追求共同富裕的理想。集体主义是索洛湾的灵魂，没有集体主义就没有索洛湾雄强、可持续发展的集体经济，没有强大的集体主义和集体经济，就没有索洛湾村民的精气神和"一个好社会"的福利。

张军朝说："索洛湾能有今天，一是书记和村委会主任政治素质和经营能力都很强；二是以全资、控股、参股等多种形式坚持发展、壮大集体经济，且统筹一、二、三产业的分工分业多级经营发展。"

索洛湾的故事让我们看到中国农民建设家乡的巨大潜力！索洛湾的变化，是集体所有制得到巩固，党支部的领导作用得到加强的情况下迅速发挥出优势。这是在基层筑牢共产党的执政基础上，走一条使得每一个农民都"不掉队"，都能够得到保障的同步小康之路。

2018年9月21日，中共中央政治局专门就实施乡村振兴战略进行第八次集体学习。习近平总书记在主持学习时强调，要让农业成为有奔头的产业，让农民成为有吸引力的职业，让农村成为安居乐业的家园。

二十年光阴荏苒，山沟巨变——索洛湾从"穷苦湾"变成了"幸福湾"！家园曾经荒芜，如今阡陌相通。阳光明媚的清晨，走进双龙镇索洛湾村，联排的农家小院门前花团锦簇，规划整齐的停车位，食用菌大棚闪着耀眼的银光，村民在风景如画的田园里忙碌着，干净整洁的小径、悠闲聊天的老人、追逐玩耍的孩童，好一个安居乐业的美丽家园……

六年前，在外务工的余解回到村里在附近煤矿打工，每月有4000元的工资和各种福利，最近还买了小轿车。余解的妹妹余丹下班一回家便到厨房帮妈妈做晚饭。她在离家不远的黄陵国家森林公园当讲解员。

"我在家乡做导游，假期又到城市去旅游。"谈及城市生活，她说，"城市虽好，但生活节奏快，我还是喜欢农村。每天可以和父母在一起，吃着母亲做的饭菜，感觉很安逸、很满足。"

乔生富的家在索洛湾村东头。这是一个大院子，院内的平房前是一个塑料大棚，透过塑料薄膜可以看到里面生长的绿色蔬菜。乔生富家共有7口人，两个儿子和儿媳都在合作社打工。他说，今年全家打工收入要超过50万元，年底村上还有几万元的入股分红。十几年来，他已经给两个儿子分别买了商品房。

我们看到，索洛湾人对自己的"村社一体，合股经营"的合作社有更多的体制自信。当村民在这个集体中体会着有尊严的劳动生活时，才有主人的地位，这是产生"内生动力"的真正源泉。

## 20

柯小海个儿不高，黑脸，眼睛透着实诚和一丝机敏。从他面相上看不到威猛，也显不出刚硬，甚至还有点羸弱，就是这样一个人，他身上却似乎深藏一团时刻在寻找绽放的能量！

"索洛湾村'两委会'班子都是没有办公室的，整天忙忙乎乎到处跑，都在村里在地里，我提议都不要办公室，节约下来钱修了这个接访室，一室多用！也是日常接待群众商量事情的地方。"柯小海说，"我才从宝鸡麟游赶回来，代表索洛湾环保公司去签了一个矿山尾矿处理的项目，这个固体回收利用项目，一年能给村集体带来几千万的利润哩！"

在中国共产党九十九岁生日这一天，笔者坐在索洛湾村群众接访室采访传奇人物柯小海。

接访室宽敞明亮，地毯铺底，装修讲究。说话间，他又忙着接了一个电话，和黄陵矿业公司商议，希望公司出资在村上修建一座生产桥，帮助村民把成百亩的撂荒地给搞"活"。

"把那些撂荒地利用起来，就能让村民多一项产业，多一份收入。"谈了好多回，事情总算有着落了，柯小海脸上是掩饰不住的开心，"总算又给乡亲们办成一件实事。"

由于常年过度操劳，这位44岁的陕北汉子看上去比同龄人苍老。头发斑白，走路还有些颠簸。

他是一个善思的人，采访中又讲起著名的"分瓜"故事：

2004年，村里来了个卖西瓜的，吆喝让大家先尝尝，不甜不要钱，但村民尝完西瓜以后，就是没人买。我当时站在跟面，感觉很难为情。我就全买下来给村民每家发一个。有人因为来得迟，只拿到小西瓜，就感觉不公平在背后里议论。我觉着这是给大家办好事，没想到好事没办好反而引来大家的不满。后来我就想了一个好办法，第二次发西瓜的时候，安排人将所有西瓜都编上号，抓号分西瓜，大家都没有抱怨了。所以说干好事还要讲究方式方法，把好事干公平，要让群众满意。有意思的是第三次发西瓜的时候，没想到西瓜还没有编号，先来的村民随便拿一个小的就走了。问为什么不拿大的，他们说，我不能让大家说我爱占小便宜……

从这个事柯小海发现，只有落后的干部，没有落后的群众。只要有一颗公心，群众的眼睛是雪亮的，心里也都有一杆秤。

要知天下事，天天听广播。柯小海的一个特点是好学习，跟着电视学，跟着广播学，党员互学，出去学，引进专家学。索洛湾"三会一课"制度执行得好，党支部每周一必开例会，"两委会"委员必参加，安排工作。党小组会、党员大会最少一月一开。会议开得都很短，但都很务实，说完问题就去干。"一课"融入会中，主要是学习党员的权利和义务，什么是党性？什么是原则？学过百遍还得学，在每个党员心中要像种树一样把根扎下去。

"我们'两委会'班子过去理论底子薄，现在要补课！"年轻的"老支书"柯小海"金句"频出：

"一犁犁到头，自个救自个。"

"成物不可毁！"

"党给群众的承诺需要人来落实，这是村干部要牢记在心的职责。"

"农村干部要牢记变与不变，不变的是初心，变的是群众的生活。"

"农村最大的难题是公平，公平做好了，村看村，户比户，不会有懒汉。"

"在村里，有理解你的，有不理解你的。最后都理解你了，那是真能力。"

"你心里一定要搁一杆秤，把每个群众记在心里。"

"村集体的产业要多元化，多元化中又要有支柱产业。"

……

见缝插针，他又站起来接了一通电话——是矿上的领导给他说有条路愿意不愿意修？

他满脸堆笑，说："修修修。"

对方问:"是你个人修还是村上的建筑公司修?"

他狡黠地一笑,说:"肯定得我们村集体赚这个钱啊。"

挂了电话,他说:"我要赚这个钱,不出面,转包给其他建筑公司,悄悄就把钱赚了。但是我要让村集体赚这钱。平时这种事情太多了!当干部要清清白白、干干净净!你只要两袖清风,哪管什么妖魔鬼怪!"

回到正题,他感叹着说:"我现在是压力山大。二十年来,党给我的荣誉太多太大,而我总认为自己的贡献太少太小!"

党的十九大是中华民族迈进新时代的里程碑,对实现"中国梦"具有决定性意义。党的十九大代表柯小海从北京回来后经常会发出的感慨。

自2005年迄今,柯小海作为省、市、县优秀共产党员、模范党支部书记,不断受到各级表彰。2015年被评为"全国劳动模范",2016年被评为"全国优秀共产党员",2017年高票当选中共陕西省委候补委员、中共十九大代表,全国最美奋斗者……谁都明白,这数十个"国字号"的荣誉集于一人之身,分量不轻。

柯小海说:"当我坐在神圣庄严的人民大会堂聆听总书记的报告时,整个身心一直处于振奋状态。总书记说,'共产党人的初心就是为中国人民谋幸福,为中华民族谋复兴''中华民族实现了从站起来、富起来、强起来的伟大飞跃''今天,我们比历史上任何时期都更接近、更有能力实现中华民族伟大复兴的目标''把人民利益摆在至高无上的地位''始终同人民想在一起,干在一起''历史只会眷顾坚定者、奋斗者、搏击者,而不会等待犹豫者、懈怠者、畏难者'……这些话格外质朴、实在、接地气、暖民心,让人倍感亲切,深受鼓舞。十九大报告规划了今后五年中国社会发展的宏伟蓝图,在关于农村部分,我感触最深的一个词叫'创新',我的理解是思想创新、制度创新、科技创新、产业结构和模式创新。开会的那些日子,我一直用报告精神对照索洛湾的现状,梳理自己的工作,觉得虽然取得了不俗的业绩,但与总书记的要求还有不小距离，主要是群众观念不够新，现有产业起步不够高，还没有迈上高层次，达到高标准，某些管理方式、经营模式还缺乏科学性、严谨性等，想到这些，我第一次感到了压力。10月27日，我从北京返回，一路受到省、市、县领导的热烈欢迎和祝贺，面对鲜花、掌声，面对各级领导的关怀鼓励和谆谆教诲，我第二次感到了压力。当我回到故乡受到数百村民敲锣打鼓的迎接时，当我被父老乡亲们众星捧月般簇拥在小广场上时，面对那一张张熟悉的脸庞、那一声声亲切的问候、那一双双期待的眼睛……我第三次感到了压力。"

如何使十九大精神在索洛湾落地生根，开花结果呢？

"什么是幸福？就是老百姓的收入一年比一年高，日子一天比一天好。"柯小海说，"我不怕做事，为索罗湾谋发展为群众谋幸福，自己辛苦在所不惜。我怕的是做不好，愧对荣誉愧对党！"

他说："从大的发展趋势看，索洛湾必须坚持两步走——一是强化现有产业，管理办法、经营模式要由量化向精细化、科技化转变，进一步提高效益。二是做大做强旅游业，将'双龙古镇'打造成全国著名景区。这是一篇做不尽的大文章，潜力巨大。如能尽快形成规模，第三产业将会覆盖全村。"

他说："将来一两年内，全体村民都要迁进新区，现住的村子就空下来了。我们不拆除，计划在保持原格局的基础上，将它改造成一个古村落，规划中'双龙古镇'的重要组成部分，让它既是景点也是商区。融入传统文化和红色文化元素，比如'老庄文化馆''红色纪念馆'等，要在各景点之间建立巧妙的链条，把它们连接起来，比如'旅游工艺品开发园''特色小吃一条街'等。要达到这样的目的，游客来到'双龙古镇'不只是普通意义上的游山玩水，而是要让他们玩好吃好的同时受到传统文化的熏陶和革命理想主义教育，这必须是整个景区的特色。现在要做的事情很多，像配套设施问题、人员培训问题、各景点统一协调的问题、与国家森林公园如何优势互补的问题等等,都要逐一落实,尽快解决。"

他说:"一定要抓住机遇,利用党的十九大到二十大这五年时间,实现三个目标——一是经济指标翻一番。二是人均收入达到普通公务员水平。三是把索洛湾建设成为全国最美乡村,让索洛湾人成为全国最幸福的人。"

新中国成立七十周年庆典,参加天安门前的花车游行,柯小海就傲然地站在第21辆的"乡村振兴"花车上。包括柯小海在内,仅有9位代表。柯小海光荣地成为其中的一位,那是他的骄傲,也是红色土地延安的骄傲……

柯小海的自信写满脸上。索洛湾,光景日新,天地广阔!

CHAPTER 2

国 家 战 略

第二章

兑现"初心"

习近平总书记说："革命老区是党和人民军队的根，我们永远不能忘记自己是从哪里走来的，永远都要从革命的历史中汲取智慧和力量。"中国共产党人在延安安家、在延安胜利、从延安出发！延安重塑了精神。

延安，是中国共产党人的精神家园和精神高地。身处黄土高原腹地的延安，见证了中国共产党由弱到强的历史，已成为一块引领着民族复兴的红色高地。

只能是延安，这是历史的抉择。

摆脱贫困，是中国共产党成立百年来矢志不移的初心。无论是革命战争年代，还是社会主义建设时期，以及改革开放进程中，这个初心都是激励中国共产党人不断前进的根本动力。

访贫问苦，成为习近平历次考察调研的重要内容。八年多来，习近平总书记走遍全国14个集中连片特困地区，先后调研指导8多个贫困村。脱贫攻坚的重大决策，在深入实际、深入基层的调查研究中一步步形成、深化……

初心，来自人民，又回馈人民！

## 陕北是个好地方！

1934年10月，天高秋凉，一支由8.6万多人匆匆汇成的铁流，开始由江西赣南于都河畔出发——中央红军和共产党的精英们用担子挑着、马驮着自己积攒的家当，组成庞大的"红色中国"，开始了历时一年的战略转移。

血泊中的共产党人，他们带着"试看未来的环球，必是赤旗的世界"的憧憬和豪情，义无反顾地前行。在途径了江西、福建、广东、湖南、广西、贵州、云南、四川、甘肃、陕西等11个省，艰难行进了二万五千里后，终于到达了陌生的、极度贫穷的地方——陕北。

10月的陕北，天寒地冻。九曲黄河的"几"字形大拐弯像古代武士的弓，拱卫环绕着陕北高原与鄂尔多斯高原。

"红色中国"的迁徙，最初是没有路线图的，在寻找落脚点的路上，是在不断挑战生命极限，是在跟死亡赛跑。其间，根据形势变化，党中央曾先后7次改变长征落脚地。这支一年前出发时由8.6万人组成的队伍，长征结束之时已不足7000人。

红军三大主力从东南到大西北，纵横穿越中国第一台阶、第二台阶、第三台阶，从平原丘陵到高原，到世界屋脊，到高山之巅，到雄鹰翱翔、黄羊奔驰、天地交汇之地。

正如美国记者埃德加·斯诺所描述的那样："冒险、探索、发现、勇气和胆怯、胜利和狂喜、艰难困苦、英勇牺牲、忠心耿耿,这些千千万万青年人的经久不衰的热情,始终如一的希望,令人惊诧的革命乐观情绪,像一把烈焰,贯穿着这一切,他们不论在人力面前,或者在大自然面前,死亡面前,都绝不承认失败——所有一切以及还有更多的东西,都体现在现代史上无与伦比的一次远征的历史中了。"

范长江真切地描述了当时的情形:"开始,饱经战乱和兵匪苦害骚扰的陕北人民,看到这么多不明真相的队伍时,自然是逃跑。但当头道川的农民返回村子,看到的竟然是秋毫无犯。许多身体单薄、衣不蔽体的伤病员,躺在大门口,用自己印制的'钱'祈求买口饭吃时,历来就好客、厚道、善良的陕北人民被感动了。他们认定这是一支与刘志丹率领的队伍一样的老百姓自己的队伍。"贫穷的陕北为中央红军提供了一个安身立命的"家"。

八十多年后的今天,重新审视这段惊天地、泣鬼神的悲壮史诗,我们发现中国共产党走向成熟、中国革命走向胜利,如果没有长征和陕北是不可想象的。

1948年3月23日,当毛泽东同志要渡过黄河离开陕北时,用一种政治家、军事家、思想家的眼光,回望着地瘠民贫却器宇轩昂的陕北,深有感悟地说:"陕北是个好地方!"

## 延安,只能是延安

1945年4月,毛泽东同志在党的七大预备会上说,"陕北是两点,一个落脚点,一个出发点","陕北已成为我们一切工作的试验区"。

因为有了长征和陕北,中央红军有了一个安身立命的"家",从站稳脚跟的直罗镇战役,到东征、西征,从山城保安到入驻延安,中共中央在延安扎下了根！正如毛泽东所说，长征一完结，新局面就打开了。

陕北的旷野，为中国共产党实现远大目标提供了一片新天地，使陕北最终成为中国革命发展到全国的一块跳板。

因为有了长征和陕北，凤凰涅槃后的中国共产党光芒万丈。陕北窑洞里的煤油灯的火光，一蹿一蹿，透过土窑洞剪纸窗棂一闪一闪，向南，向北，照亮了全中国！

延安是信仰的高地。"到延安去！"曾是一代青年的心灵呼唤，一批上海青年曾宣誓："打断骨头还有筋，割了皮肉还有心，只要还有一口气，爬也爬到延安城。"资料显示，从国统区奔赴延安的青年达25万之多。为什么物质匮乏、条件艰苦的延安，却朝气蓬勃、激情燃烧、充满生机，成为成千上万有志之士敬仰、向往和奔赴的红色热土？因为那里有崇高的理想、坚定的信念、真理的光辉、民族的希望。如果说嘉兴红船给中国共产党人播下信仰的火种，那么延安窑洞时共产党人的信仰已成燎原之势，也印证了"延安的窑洞里有马列主义"。对马列主义的信仰，对社会主义和共产主义的信念，是共产党人的政治灵魂，是共产党人经受住任何考验的精神支柱。

延安是思想的高地。1945年4月23日，延安杨家岭中央大礼堂，悬挂着"在毛泽东的旗帜下胜利前进"的横幅，中国共产党第七次代表大会隆重开幕。这次会议，把毛泽东思想确立为党的指导思想，并庄严地写入党章。从此，毛泽东思想成为中国共产党和全国人民的一面旗帜，指导中国革命和建设不断从胜利走向胜利。

毛泽东思想是马克思主义中国化第一次历史性飞跃，是中国特色社会主义理论体系形成的重要思想依据和活的灵魂。习近平新时代中国特色社会主义思想，是马克思主义中国化的最新成果，是中国特色社会主义理论体系的重要组成部分，在新时代焕发新生，成为全党全国人民为实现中华民族伟大复兴的行动指南和力量源泉。

延安是人才的高地。中华人民共和国的成立，开创了人尽其才、英雄辈出的新时代，应验了抗大校歌"黄河之滨，集合着一群中华民族优秀的子孙"。1936年6月中国人民抗日军政大学成立，1937年中央党校迁入延安，1937年创办陕北公学，1937年延安保育院成立，1938年5月马克思列宁学院成立，1938年鲁迅艺术学院成立……那时的延安，学校如雨后春笋般地成立，在硝烟弥漫的战争环境和极端艰苦的生活条件下，生机勃勃地开办着30余所各类干部学校，而且学科门类齐全，培养了大批治党治军治国的骨干，为赢得抗日战争和解放战争的胜利，乃至建设新中国夯实了人才基础。仅抗大办学10年，就培养了10万多名优秀干部，1955年中国人民解放军首次授衔，6位元帅、8位大将、26位上将、49位中将和129位少将都在抗大工作和学习过。当年那些延安保育院的儿童，数十年后也成为建设新中国的栋梁。他们中间，有党和国家领导人、有舰艇之父、有水电专家。在抗日烽火中诞生的军政学校，从延安一路走来，遍布祖国的大江南北，中央党校、国防大学、国防科学技术大学、哈尔滨工程大学、延安大学……这些流淌着红色基因的高等教育院校，至今依然担负着培养新时代高素质人才的重任，为中华民族伟大复兴提供强大的人才支撑。

延安是作风的高地。从左权、狼牙山五壮士到彭雪枫、刘老庄连八十二烈士……每一个英雄名字的背后都蕴涵着一种大无畏的牺牲精神；毛泽东住过的窑洞、周恩来睡过的土炕、彭德怀穿过的降落伞改制的背心、林伯渠戴过的一条腿的眼镜……每一个细节都在诠释着一种无往而不胜的"东方魔力"。因此，延安时期中国共产党浴血奋战的气概，理论联系实际、密切联系群众、艰苦奋斗、谦虚谨慎、批评与自我批评的作风极大地引导和影响了抗日根据地的政风和民风，形成了党风、政风、民风的统一体。这就是著名的"延安作风"。1941年至

1945年的延安整风运动,是党的建设史上的一个伟大创举,通过整风,全党确立了一条实事求是的辩证唯物主义的思想路线,干部在思想上大大地提高了一步,全党达到了空前的团结。

一个政党、一支军队的作风,将直接影响这个政党和民族的前途命运。延安作风不仅是中国革命的制胜密码,更是中国特色社会主义建设的兴国之光和磅礴力量。

延安,还是胜利的高地。七七事变后,中国共产党领导的抗日武装对敌作战12.5万次,消灭日、伪军170多万人,人民军队发展壮大到120万人。王家坪一个仅有30平方米、堪称世界上最小的指挥所,中央军委在此指挥世界上最大的人民解放战争,用"小米加步枪",打败了国民党的"飞机加大炮",然后从容地"东渡黄河,走向全国!"

在血与火的考验中,在生与死的较量中,延安形成的统一战线、武装斗争和党的建设"三大法宝",取得一个又一个的胜利。

回首陕北十三年时,毛泽东面对滚滚长河,感慨万千,他说:"陕北人民是真金子!"

注目延安,那是一方令人神往的热土。那里的信仰是那样坚定,思想是那样伟大,精神是那样宝贵,人才是那样优秀,作风是那样纯粹,胜利是那样荣光。

延安,只能是延安!

## "延安精神"提供脱贫动力

巍巍宝塔,绵绵延河,孕育了延安精神。

伟大的事业需要伟大的精神,伟大的精神支撑伟大的事业。延安精神始终是凝聚人心、攻坚克难、开拓前进的强大精神力量。

在延安，中国共产党提出建立最广泛的抗日民族统一战线、促成国共第二次合作，作出了一系列关键而及时的历史决策，成就了中国共产党政治上的辉煌期，确立了理论联系实际、密切联系群众、批评与自我批评、谦虚谨慎不骄不躁、艰苦奋斗等优良作风，形成了我党独特的风格。

延安形成的延安精神，是以毛泽东同志为主要代表的中国共产党人，经过长期的革命实践和理论创新，不断培育、积累而形成的一种伟大精神。延安精神是延安时期的抗大精神、南泥湾精神、整风精神、白求恩精神和边区劳模精神等精神的概括，体现了坚定正确的政治方向，解放思想、实事求是的思想路线，全心全意为人民服务的根本宗旨，自力更生、艰苦奋斗的创业精神。

延安精神上承红船精神、井冈山精神、长征精神，下接西柏坡精神，具有恒久的价值和旺盛的生命力。毛泽东同志是延安精神的培育者和实践者。他为延安精神的形成、发展和光大作出了杰出的贡献。

抗战时期，在延安精神鼓舞下，无数有志青年来到延河边、宝塔山下。

中华人民共和国成立后，英雄的延安人民继续发扬自力更生、艰苦奋斗的延安精神，在党中央和全国人民的支持下，战天斗地，重整山河，一步步从战争的废墟中站立起来；在社会主义建设时期，在延安精神的鼓舞下，全国人民在一穷二白基础上描绘出了新中国的锦绣河山；改革开放时期，共产党人继续弘扬延安革命精神，坚定不移把社会主义事业向前推进。

2018年12月31日晚7时，国家主席习近平通过中央广播电视总台和互联网发表2019年新年贺词，他说："一路走来，中国人民自力更生、艰苦奋斗，创造了举世瞩目的中国奇迹。新征程上，不管乱云飞渡、风吹浪打，我们都要紧紧依靠人民，坚持自力更生、艰苦奋斗……"这段话抚今追昔，两次提到"自力更生、艰苦奋斗"。

延安扶贫经历了长达七十多年奋斗，走过了一条艰难曲折的道路。用延安精神向贫困宣战，用延安精神教育干部，激发贫困群众"内生动力"，鼓舞干部群众像当年跟着党中央闹革命那样，自力更生、艰苦奋斗，依靠自身力量脱贫致富。

人们或许不曾想到，在曾经几乎人人关心油价的这座资源型城市，众创空间、大数据、"独角兽"等悄然成为热词。武汉光谷、腾讯众创、北航科创等创新创业平台，华为云计算等445家新经济企业落户延安。新经济、新业态欣欣向荣。人们或许不曾想到，过去闭塞落后的老区，已入选国家陆港型物流枢纽承载城市。

延安脱贫攻坚实践再次证明，延安精神永远是我们的传家宝，蕴藏着无穷的智慧和力量，永远也不会过时，永远是我们战胜困难、夺取胜利的重要法宝。

## 叩问初心

天下之治乱，不在一姓之兴亡，而在万民之忧乐。坚决打赢脱贫攻坚战，促进社会公平正义，幼有所育、学有所教、劳有所得、病有所医、老有所养、住有所居、弱有所扶，是中国共产党成立百年来，党和国家矢志不移的初心。不论历史走多远，中国共产党人"不忘初心，牢记使命"的本色始终不变。

中国搞社会主义，就是希望全国人民都过上好日子。让广大人民群众共享改革发展成果，是社会主义的本质要求，是社会主义制度优越性的集中体现，是我们党坚持全心全意为人民服务根本宗旨的重要体现。坚决打赢打好脱贫这场攻坚战，是党对人民的庄严承诺，更是广大扶贫干部的使命和初心。到2020年这一时间节点兑现承诺。

众所周知，习近平总书记在延川县梁家河村插队生活了七年。他与人民在一起的那些往事，让人深深感受到"以人民为中心"的至深情怀。

他形容陕北是自己的根——"脚踏在大地上，身置于群众中，会使我感到非常踏实，非常有力量。"

"年轻的我，在当年陕北贫瘠的黄土地上，不断思考着'生存还是毁灭'的问题，最后我立下为祖国、为人民奉献的信念。"

"在陕北插队的七年，给我留下的东西几乎带有一种很神秘也很神圣的感觉。我们在后来每有一种挑战、一种考验，或者要去做一个新的工作的时候，我们脑海里翻腾的都是陕北高原上耕牛的父老兄弟的信天游。"

"15岁来到黄土地时，我迷惘、彷徨；22岁离开黄土地时，我已经有着坚定的人生目标，充满自信。作为一个人民公仆，陕北高原是我的根，因为这里培养出了我不变的信念：要为人民做实事！"

"我走的时候，我的人走了，但是我把我的心留在这里。"

……

怀着一颗"为人民谋幸福"的初心，习近平从梁家河的黄土地出发，始终和父老乡亲心连心，与民同苦、为民分忧。当年在梁家河插队时，他最大的愿望是让乡亲们"饱餐一顿肉"；到了河北正定，他甘冒风险也要摘掉"高产穷县"的帽子；到了福建宁德，他探索"弱鸟先飞"的脱贫路。一直到浙江、到上海、到中央，扶贫这件事，他始终"花的精力最多"……

2013年深秋，习近平总书记在苗家黑瓦木楼前一小块平地上，首提出"精准扶贫"理念，作出"实事求是、因地制宜、分类指导、精准扶贫"的重要指示。此后，围绕"扶持谁、谁来扶、怎么扶、如何退"等核心问题，习近平总书记提出"六个精准""五个一批"的具体要求。

2015年，脱贫攻坚成为总书记紧抓不放的工作主线：年初考察云南贫困地区指出"时不我待，扶贫开发要增强紧迫感"；春节前夕在延安主持召开陕甘宁革命老区脱贫致富座谈会；3月在全国两会提出"要把扶贫攻坚抓紧抓准抓到位"；之后到多地调研，提出"用一套政策组合拳，确保在既定时间节点打赢扶贫开发攻坚战"。

10月，党的十八届五中全会从实现全面建成小康社会奋斗目标出发，会议文件把"扶贫攻坚"改成"脱贫攻坚"；11月，中央扶贫开发工作会议举行，吹响脱贫攻坚战的冲锋号。

承诺如金，战鼓催征。各级组织和干部不忘初心、牢记使命，832个贫困县党政正职始终坚守脱贫攻坚一线指挥部，第一书记和驻村干部深入扶贫一线倾力开展帮扶，扶贫系统干部职工长年超负荷工作。

脱贫攻坚工作艰苦卓绝，收官之年又遭遇疫情影响。2020年3月6日，北京，在防疫关键时刻，习近平总书记要求全党全国以更大的决心、更强的力度，做好新冠肺炎疫情"加试题"、打好收官战。

总书记说："我们要不忘初心、牢记使命，坚定信心、顽强奋斗，夺取脱贫攻坚战全面胜利……"

"江山就是人民，人民就是江山，人心向背关系党的生死存亡。"2021年2月20日，习近平总书记在党史学习教育动员大会上强调，"赢得人民信任，得到人民支持，党就能够克服任何困难，就能够无往而不胜。"人民群众最关心的问题，莫过于学之所教、劳之所得、病之所医、老之所养、住之所居，身体没病没灾，日子无忧无虑。

四十多年来，习近平同志先后在县、市、省、中央工作，扶贫始终是他工作的一个重要内容，花的精力最多。访贫问苦，也是他历次考察调研的重要内容，从天寒地冻的陇原大地，到人迹罕至的塞外边疆，从巍峨险峭的大山深处，到透风漏雨的棚户陋室，习近平总书记多次来到最贫困、最落后的地区，察真贫、看真贫，为推进新时期扶贫开发工作指方向、想办法。

2021年初春的一个艳阳天,大红灯笼高高挂,延安枣园农家乐小院传出阵阵欢快笑声,脱贫户李永前带着全家人穿着新衣,登上宝塔山。

远眺满目青翠与高楼林立,李永前心潮澎湃,面向北京方向三鞠躬,他道出最真挚的心声:"延安人民感谢习近平总书记,感谢党中央!延安脱贫了,几代人的心愿实现了!"

## 农村焕发勃勃生机

农村的发展,关键在人,关键在"内生动力"。

乡村振兴、新农村建设、美丽乡村建设……不能只靠留守的老人与儿童,希望在青壮年身上。国家战略规划为返乡青壮年"扎根家乡"提供了生长的优渥土壤;政府通过一系列政策鼓励和支持农民工、高校毕业生和退役军人等返乡、入乡创业,以创业带动就业,促进农村一、二、三产业融合发展,让农业成为有奔头的产业,农民成为让人羡慕的好职业,农村成为城里人来了就不想走的好去处。

心胜则兴!当下,在中国广袤的农村里,乡村大地到处生机勃勃,新的动能正在集聚,新的民间力量、乡村秩序和产业形态正在重构。

集聚起新动能的,首先是人气。越来越多有理想、有情怀的年轻人,不在一线城市做"锦上花",而是选择到乡村当"雪中炭",带着创业梦想和智慧才情投身乡村美丽家园建设,挥洒激情和汗水。无论因考学而"走出大山"的高学历人才,还是出卖体力进城打工的青年,对家乡的眷恋,对家乡的热爱,应该是他们返乡就业创业最深层、最持久、最原生的动因。

据《中国互联网络发展状况统计报告》显示，截至2020年12月，我国农村网民规模为6.08亿，占网民整体的68.7%，较2020年3月增长3069万，城乡地区互联网普及率逐步上升，城乡之间数字化程度的差距也在逐步缩小。加之，各大电商平台纷纷在三四线城市甚至县城、乡镇布局，拼多多、淘宝、天猫、唯品会的三四线城市用户数量不逊于一二线城市。

中国劳动和社会保障科学研究院调研发现，随着电子商务、扫码支付、外卖点餐、共享单车等互联网平台服务不断下乡，就业机会也在不断下沉，青壮年返乡就业创业成为一大趋势，特别是"数字化从业者"将获得越来越多的就业岗位与创业契机。

种种数据表明：从前被年轻人抛弃、逃离的"小地方"，正在重新涵养能量、焕发生机。

2016年，在外辗转打工的安塞农民李东东，返回家乡后重新打起了腰鼓，赶走了贫穷。返乡后的李东东不是靠腰鼓脱贫的唯一农民，他的经历只是安塞实施文化扶贫的一个例子。

咚咚的腰鼓声，犹如脱贫的阵阵鼓点——

安塞区是中国著名的"腰鼓之乡"。上至九十九，下至刚会走，几乎人人会打腰鼓，人人能唱民歌。20世纪80年代以来，安塞腰鼓不断走上国内外舞台，揽得众多奖项，如今早已家喻户晓，威震天下，被誉为"天下第一鼓"。

多少年了，安塞人就在这厚重的黄土高坡上击鼓跳跃、慷慨飞歌。但多少年来，腰鼓打得来欢笑，却赶不走贫穷。近年来，当地政府依托独有的腰鼓、剪纸、农民画、陕北民歌等地方特色文化，"文化输出、游客输入"，把腰鼓逐步发展成产业，通过文化旅游带动当地脱贫，引导民营企业投资,打造了冯家营"千人腰鼓"文化村、高桥镇魏塔"东方毕加索"文化村、西营"陕北信天游"演唱等文化产业村;通过文化技能培训、文艺人才输出、文旅产业带动,使全区1160名贫困人口受益,人均受益1.3万元,带动2800人就业,人均受益7800余元,受益群众逾5万人。

腰鼓百面如春雷,打彻脱贫花自开!

在新时代里,古老而神奇的安塞腰鼓再次焕发出了勃勃生机!

滴水藏海

## 打走贫穷

"当时我一家子大小全是病人,没有党的好政策真不知道咋活呀!"43岁的陕北汉子李东东忆及过往,眉头深锁。

李东东打小跟老人打腰鼓。挎上红色腰鼓,系着白羊肚手巾,酣畅淋漓地打上一场鼓,是李东东最享受的事情。

"那时候人可怜、日子苦,饭都吃不饱,打腰鼓最多当个爱好,挨家挨户挣一点葵花籽,挣不下钱嘛。16岁的我就辍学出门打工了,啥苦都吃过。"为了生计,腰鼓也就扔下了。

19岁那年,在外干装修"刮大白",见了世面的李东东在家里搞起了蔬菜大棚,这在当年的农村可是新鲜事。腰包里挣下了票子,村里人夸他"时髦",李东东头一次觉得,脸上有了光彩。日子刚有起色,噩运却不期而至。先是父亲得了肺结核,接着母亲心脏病病倒……一记记重锤敲打着李东东。挣下的钱都往医院里送了,大棚也荒了。

后来,李东东娶妻生子,喜悦没持续多久,大儿子就被诊断为脑瘫!这几乎打垮了这个西北汉子。"我花了两年时间才教会儿子走路,感到绝望。一家子病人,这日子可咋过呀!"

生活再难也要继续。在外挣钱,回家照顾老小,时不时地往医院跑,日子就这样残酷地循环着,一天天,一年年。当挫折一再降临,梦想只能存于心间,李东东忘了腰鼓。

2016年,李东东的妻子又被查出患上了癌症,这个陕北汉子再也没法抑制内心的悲伤和绝望——日子雪上加霜,眼瞅着就没了光亮。好在这一年,他一家被列为建档立卡贫困户,曙光照进了这个苦难之家。

和过去"过个年、拉个手、送个面和油"的扶贫不同，这一回，政府动了真格：李东东妻子做手术，政府给报销了90%的医疗费，到医院复查的费用也都给免了。每年，政府还为李东东妻儿免费送两次药。李东东大儿子被送到延安市特殊学校就读，学费免交，每学期还有1000元生活补助，上初中的小儿子也有400元补助。

"我快撑不下去时，是党的政策救了我！"终于能喘口气了，李东东的愁眉也渐渐舒展，他开始想念腰鼓。正巧，区里为贫困户办起了腰鼓培训班，说是要让他们打腰鼓脱贫，李东东二话不说报了名。有童子功，李东东学得快，一个星期后，李东东就结业了。

再次挎起心爱的腰鼓，李东东感慨万千。只是，他心里的疙瘩还没有解开："这打腰鼓还能脱贫？那祖祖辈辈打腰鼓，咋还那么穷哩？"

但这一次，打腰鼓还真就把贫困打跑了。安塞区把腰鼓、剪纸、农民画、曲艺和民歌，当作当地的5张名片，发展文化旅游产业，带动贫困户脱贫。当地还专门成立了以贫困人口为主要成员的励志扶贫艺术团，李东东是骨干成员。

现在，游客来延安旅游，多条高速公路四通八达，每天88对客货列车通达。南泥湾新机场可以直飞国内16个城市。顺道坐半小时车来安塞看腰鼓表演、听陕北道情，已经成了时尚。

"今年疫情影响，演出没有往年多，过年到现在四个月我已经打了50多场腰鼓了，每场有150元收入。过几天，安塞有场演出，月底在黄陵大剧院还有场演出，6月份要到西安培训一个月，为十四运开幕式500人腰鼓表演排练……"

现在，李东东的腰鼓打出了名气。他的手机里有7个和腰鼓有关的微信群，不时闪出各地邀请他去演出的信息。他还时常到其他县区甚至省外教授安塞腰鼓技艺，收入不菲。最近，他把自己在各地的演出视频搬上了视频社交网站"快手"，迅速"吸粉"上千。

李东东的父母因病不能劳作，在老家住在两间窑洞里过活，他利用政府的贴息贷款，在窑洞前后的山坡地建了个养鸡场，平时父母照看着，他在"快手"和朋友圈里卖土鸡蛋，一年收入1万多。说起这些生活的希望，李东东的声调都扬了起来。

最近，李东东住进了县城里白坪安置小区的新房，过了第一个有暖气的冬天。这套90平方米的安置房位于安塞核心城区，按照政策，他只花了1万元就拿到了钥匙。打腰鼓挣来的洗衣机、沙发、抽油烟机、热水器等电器也陆续进了屋。

由于妻哥家庭离异，妻哥外出打工，李东东把妻哥的两个小孩接到县城的安置小区上学，同时还要照顾患了尿毒症的老岳父。"我岳父尿毒症两周透析三次，一个月要花1万多，政府就能报销8000多，三个月报一次，手续也简单。如果没有大病医疗政策，一年都撑不下来……"

采访这天，风尘仆仆的李东东刚从甘肃省南梁镇中学担任腰鼓教练回来，3个教练教360个学生练腰鼓，管吃管住每天300元收入，这一趟收入3000多元，他很满意。性格内向的他说起腰鼓表情就不由己地舒展开了，一听见锣鼓声，身体就活泛起来，跃跃欲试……

安塞腰鼓

"我家里病人多，没有党的好政策，就真没有办法过了！今后的好日子里，我想好好打腰鼓，把日子过得越来越好！"

李东东语气坚定，眼中带着欢欣。

他参加了励志腰鼓队。

"打鼓的时候，好像一切烦恼都没有了，就剩下高兴，越打越有劲。活动之余，大家就琢磨着如何把事业做大，一起脱贫。"

距安塞区3.5公里的冯家营村，是远近闻名的腰鼓产业村，村里建成了千人腰鼓表演基地，为这些腰鼓手们提供了就业岗位和稳定的经济收入。独具魅力的安塞腰鼓舞动起来，会掀起漫天黄尘，将黄土高原农民朴素而豪放的性格展现得淋漓尽致。退耕还林后的陕北被绿色笼罩，为了展现表演效果，冯家营村前不久在村中空旷地带用黄土特意堆建出一个新舞台。

靠着这项流传千百年、专属黄土高原的特色表演，不少身处陕北贫困地区的安塞群众找寻到了更为宽广的脱贫门道。

腰鼓手周志战今年40岁，6岁时学会了安塞腰鼓，也是在外打工，近年来重操旧业，开始打鼓。村上建起千人腰鼓表演基地后，他与区旅游公司签订了劳动合同，在表演基地打腰鼓，每个月不出村子，就有4500元左右的收入。除了周志战，冯家营村还安置了18名贫困人口从事腰鼓表演、培训。腰鼓、剪纸、唢呐等民间艺术品制作等的工作，保证了贫困户"户均有岗位"。年收入达2万元的贫困户占到七成，实现了有能力且有就业愿望的贫困户的稳定就业、稳定脱贫。

"我只上过小学，以前主要靠种苹果和弹棉花挣钱，家里没有额外收入。我也外出四处打工，一直过得很艰难……"腰鼓手王毅家因为收入微薄，于2013年被评定为贫困户。

"只要勤劳肯干，生活是能改变的。"说起往事，王毅眉宇间写满骄傲，"我婆姨就是我打鼓唱歌追下的。她是大学生，又有正式工作，就是因为我打鼓唱歌好，人勤快，她才决定跟我过。"

结婚后，王毅肩上的责任更重了，他思忖着靠腰鼓去挣钱。他走街串巷，沿路询问人家需不需要腰鼓表演，只要对方有需求，他就召集村里人去表演，且演得十分卖力，鼓艺也不断精进。

经过一段时间的积累，王毅成立了安塞鼓艺文化传媒有限公司，大家各司其职，有人专门负责联络项目，有人专门负责召集大家排演节目。经过努力，王毅和许多群众一道，摘掉了贫困的帽子。

"你别看，这从小打到大的腰鼓还真的能换饭吃，能赚钱。"王毅说，"刚开始，我们出去表演，一个月只能收入4000元左右，后来就能挣到八九千元了。"门路越来越广的王毅发现，不少外地人对学习腰鼓也很感兴趣。瞅见商机，他决定不但表演腰鼓，还要教人打鼓。

"我专门制作了名片，逢人就发。"王毅乐呵呵地说，"靠着腰鼓这一项，公司一年就能收入十多万元，一起打腰鼓的群众的收入也都增加了……"

\* \* \* \* \* \* \* \* \* \* \* \* \* \*

农村贫困人口脱贫后，如何保住成果？

扶贫工作很综合、复杂，需要有人在前面拉车带路，归根结底更需要贫困户自身激发"内生动力"。扶贫的最终目的在于从实现物质充足，到全面丰富人的精神，通过多种方式、方法使贫困群众走上康庄之路。在一些扶贫例子中，一些贫困户脱贫之后又返贫，就是因为其一味依赖外部的物质给予，一旦物质资助停止，就易陷入返贫的尴尬境地。

扶贫要扶志，要在精神扶贫上下功夫，减少"懒汉"和"懦夫"，让他们产生强大的脱贫愿望，这样才能杜绝扶贫中的"等靠要"现象，避免贫困户陷入"因穷而要，因要而懒，因懒而穷"的恶性循环。

要避免"养懒汉"现象，靶向是要找准病灶，开出精准"药方"。

做好调研，逐一分析"懒因"，根据当地实际，为相关贫困户量身打造脱贫计划，做到药到病除，有效解决"懒汉""懦夫"的问题。

下文中的这个例子，从"外部输血式"扶贫到"内生造血式"扶贫，从"要我脱贫"到"我要脱贫"……前后对比，会惊奇地发现——贫困户自身的"内生动力"一旦被激发，将爆发出惊人的能量。

## 从特困户到村干部

"现在，三间大平房盖好了，汽车也有了，苹果园的果树也长大了！"宜川县秋林镇太坪村李军学今年37岁，七年前返乡创业后成为全省"脱贫致富"带头人。说起生活之变，他一脸自豪。

枝叶繁茂的果园里，夫妇两人一前一后埋头铺设防雹网，走在前边的李军学个子敦实却灵活，动作娴熟利飒，他直起身抹了一把脸上的汗，握着工具的胳膊充满力量，黑黝黝的脸上，炯炯有神的眼睛在阳光下十分闪亮。

近年来，在结对包扶干部的帮扶下，特困户李军学发展养羊、苹果等产业实现了脱贫，又带动其他贫困户一起发展特色种植、养殖，共同走上了脱贫致富路，还当上了组长。

过去的太平村交通不便，基础条件较差，人均不到两亩耕地。本来李军学是个踏实肯干的庄稼汉，但靠几亩薄田每年只能收入3000多元。为了维持一家三口的生计，他不得不外出务工。

李军学在县城打零工、跑三轮，什么苦活累活都干过，只有小学文化、又不懂技术的他只能干些重体力活。

"只要能挣钱，我就不怕吃苦受累。"李军学说，"尽管一年辛辛苦苦，收入个万八千。那时租房、孩子上学、日常生活都需要钱，真的是太困难了……"为了让女儿在县城上学，早在2007年，他和妻子就开始在县城打工。他在建筑工地上干苦力活，妻子在餐馆打零工。这样的日子一直持续到2010年。长期的过度劳累，导致李军学患上了严重的腰椎间盘突出和腰肌劳损，从此不能干重活，家庭经济陷入困境，一家人的生计全靠妻子在县城打零工维持。

作为一家之主，身患疾病的李军学必须承担起家庭的重任。2012年至2013年，他从民间借贷了10万元，承包了同村村民4亩未挂果的果园，养了80只羊子。背着沉重的包袱，李军学开始发展产业。

精准扶贫开展以来，李军学家成为村里的建档立卡贫困户，成了时任秋林镇镇长赵鹏娟的包扶对象。在了解到李军学有养羊的想法后，赵鹏娟很快帮他申请了5万元扶贫贴息贷款，他用这笔钱扩建了羊圈，又购买了120只羊子，养殖规模超过200只。

"200多只羊子可产生大量的羊粪，而羊粪是果树最好的肥料，干脆将果园规模再扩大。"李军学说，得到这笔钱后，他又承包了4亩果园，果园规模增加到8亩，给果园搭起了防雹网。

"老人们常说'长嘴的不能揽'。养殖能挣钱，但风险也大。""刚开始啥都不懂，都要现学。"李军学不仅能吃苦，而且头脑灵活，勤奋好学。只要县里举办产业技术培训班，他就积极参加，并从书籍、网络上学习养羊、养蜂和果树管理等技术。李军学一边学习，一边从实践中积累经验。经过不断学习摸索，李军学成为养羊和果树管理的行家里手。他家的果树茁壮成长，成群的羊子膘肥体壮。2015年至2016年，李军学的羊子出栏180多只，养羊收入达15万元。

李军学家周边山峦起伏，森林密布，具备很好的养蜂条件。眼看着李军学的羊养殖产业越做越大，赵鹏娟又有了新的帮扶想法——建议李军学养殖中蜂。2016年3月，赵鹏娟帮李军学报名参加镇上组织的中蜂养殖培训，又帮其申请了产业扶贫资金，购买了25箱中蜂。李军学按照培训时所学的技术，苦心钻研，精心养蜂，最终取得了成功。每年秋季割一次蜂蜜，能给他增加1万多元收入。

2016年年底，李军学家的羊子繁殖到280多只，年收入7万多元，全家顺利脱贫摘帽。

"明年我早早在果园里堆放羊粪，如果果树开花时遇到寒流，将羊粪点燃可以驱寒。"李军学看着果树的枝节自信地说，"这样就可以避免天灾，看这枝条的长势，明年至少可套袋8万多个苹果。"

养羊、养蜂、管理果园，李军学样样都是好手。他信心满怀：政府把咱"扶上马"，以后的路还要靠自己。

真正让李军学一家吃了脱贫致富"定心丸"的是，在包扶干部的帮助下，李军学申请到了46900元的农村危房改造款，并顺利在宜川县秋林信用社贷到了5万元的贴息款，利用这两笔钱，建起了三间平房，实现了"安居梦"。

自己脱贫了，也不忘帮助他人。在脱贫致富道路上，李军学经常主动帮助别人，无论谁家在养羊、养蜂和果树管理方面有不懂的地方，他

养殖中蜂

都会积极地给予指导。在他的帮助带动下，村上先后有14户村民发展起养羊或养蜂产业，其中贫困户就有10户。

李军学获得2017年度全省"脱贫致富先进个人"荣誉称号。他给群众分享自己的脱贫故事时说，只要肯干、敢干、能吃苦，就不怕甩不掉"穷帽子"。

28岁的连明星，是智力残障人士，父母早逝，家中兄弟3人都有不同程度的智力障碍，平日里连吃穿都成问题。李军学看到这一情况，便和村干部商量，让连明星帮他家放羊，管吃管住，还每年给他两个哥哥3000元的生活费。

"没有党和政府的帮扶好政策，我不可能过上今天的好日子。"

如今，李军学被推选为村干部。他说，今后，除了搞好自己的产业外，还要帮助村里和脱贫户巩固脱贫成果，带动更多乡亲稳步走上致富路。村民们皆赞李军学是能吃苦、勤奋好学的脱贫示范人，镇、村干部评价他是肯干敢干、乐于助人的致富带头人。

\* \* \* \* \* \* \* \* \* \* \* \*

我们看到，无论是打腰鼓脱贫的李东东、王毅、周志战，还是靠养羊养蜂致富的李军学，他们之前无一例外都是在外打工，兜兜转转，还是回到了家乡，在国家好政策的帮扶和自己的努力下摆脱了贫穷。

实践证明，扶贫的过程同样也是所有人健全精神、培育自信、锤炼意志的过程。他们的故事也再次诠释了一个道理：好日子都是干出来的！幸福不会从天而降！

这才是农村的希望。

CHAPTER 3

国 家 战 略

第三章

绿色革命

二十多年的汗流浃背，埋头苦干，一代接一代。延安人以执着的"延安精神"，在这块红色圣地上展开了一场波澜壮阔的"绿色革命"，硬是用一把把老䦆头，为世界提供了一个短期内"生态修复"的成功样本：累计退出耕地632余万亩，用1077万亩的树木使山山峁峁、沟沟岔岔披上了绿装！

延安实现了由黄到绿的历史性转变：2000年的卫星遥感植被覆盖度监测图上延安还是半黄半绿，北面几乎看不到绿色。对比2018年的卫星遥感植被覆盖度监测图就会发现，延安已经实现"全域绿"，并且继续向北，把毛乌素沙漠也晕染绿了……

延安的退耕还林，改变的不只是山水。"绿色革命"解决了延安水土流失问题，修复、改善了生态环境，把农民从传统农业产业中解放出来。

它所带来的转变，从生态开始，席卷了人们的思想、生产和生活的各个领域，生态文明理念逐渐成为延安人民的主流价值取向，并使得生态涵养与产业开发良性互动，成为脱贫攻坚的第一抓手！

## "绿色发展"——中国向全世界亮出的新名片

人类农业文明的历史同时也是一部毁林开荒的历史。由于长期以来的破坏，我国长江、黄河上中游地区水土流失加剧，水患不断，北方地区土地大面积荒漠化，生态环境日益严峻。

中华人民共和国成立以来，党和国家对生态环境非常重视。1956年，毛泽东发出了"绿化祖国""实行大地园林化"的号召，号召全国人民"用愚公移山的精神搞绿化"。1991年3月12日，邓小平为义务植树题词——"绿化祖国，造福万代"，植树绿化"要一代一代永远干下去"。

为此，中国先后启动了三北防护林、长江流域防护林、防沙治沙等一大批生态工程，并取得了显著成就。义务植树持续三十年，参加义务植树人数达104亿人次，义务植树500多亿株。在退耕还林工程实施以前，尽管在生态建设上取得了一定的成绩，但由于人口、牲口、灶口的刚性需求，过度放牧、乱砍滥伐、人为破坏，使得生态环境"边治理，边破坏，治理赶不上破坏""局部好转，整体恶化"的趋势仍未得到根本扭转，年年造林不见林，岁岁栽树树无影。随着林草面积的不断减少，水土流失和风沙危害日益加重，洪灾、旱灾、沙灾等自然灾害频繁发生。特别是在1998年，我国长江、松花江、嫩江流域发生了历史上罕见的特大洪涝灾害。

社会主义的优越性就在于集中力量办大事。中华人民共和国成立七十年来，不断加大自然生态系统保护和修复的力度，生态状况显著改善，绿色发展成为中国向全世界亮出的新名片。

退耕还林从延安开始，有其刻不容缓的生态背景。

延安退耕还林前和西部地区许多地方一样，生态面临困局——生态环境恶劣、水土流失严重、自然灾害频繁。20世纪末，延安水土流失高达88万平方公里，占区域国土总面积22.8%，年入黄泥沙量2.58亿吨，约占入黄泥沙总量的六分之一，仅吴起县土壤侵蚀模数每年每平方公里就达1.53万吨，全县平均每年侵蚀土壤厚度1.2厘米，是黄河中上游地区水土流失最为严重的县份之一。

1999年，退耕还林这趟"列车"开始从延安驶向全国！也是从这一年起，"退耕还林"这一国家战略开始悄然改变中国农民的命运！

退耕还林工程涉及我国大部分地区，覆盖了25个省（区、市）和新疆生产建设兵团的1897个县级单位，3200多万农户、1.24亿农民，是迄今为止世界上投资最大、涉及面最广的生态建设工程。20多年来，中国累计实施退耕还林还草5.08亿亩，累计投入5112亿元，相当于三峡工程动态总投资的两倍多。退耕还林还草工程已成为中国乃至世界上资金投入最多、建设规模最大、政策性最强、民众参与程度最高的重大生态工程。

工程实施以来，各方面效益正在日益显现。在华夏大地生态环境显著好转的背后，是一场生态文明理念和发展观的深刻变革……

这个世界最大的生态工程，展示了中华民族实现人类命运共同体的责任与担当，是中国生态文明思想、绿色发展理念向全世界的深刻昭示！

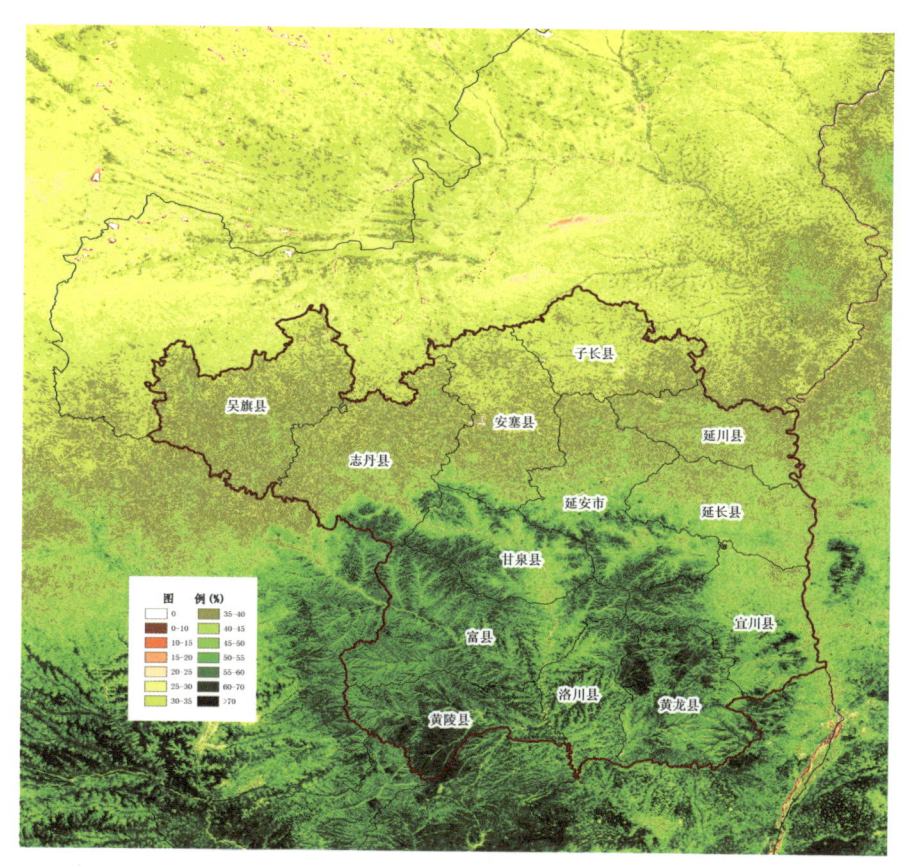

2000年延安市植被覆盖度图

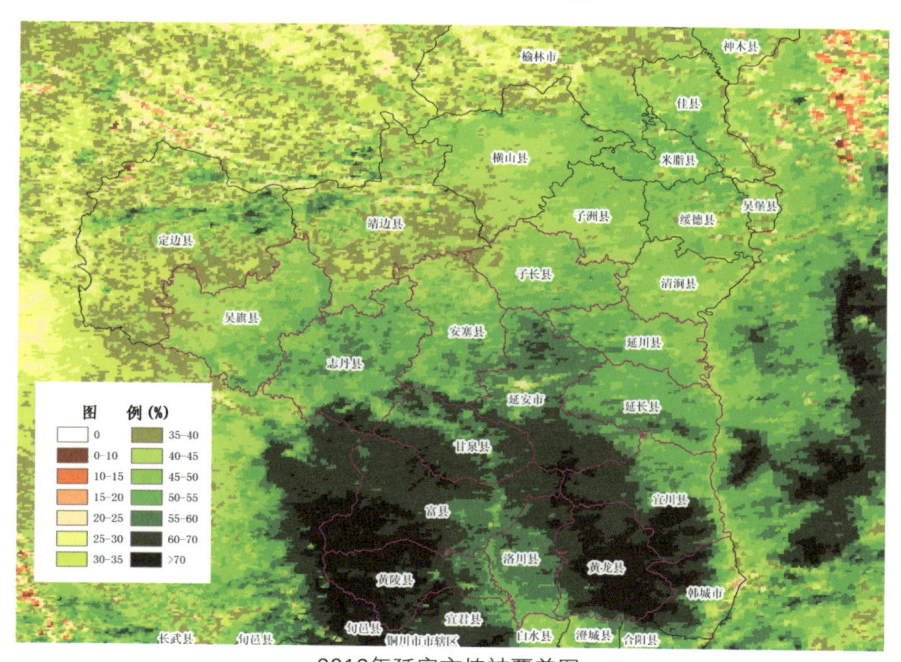

2016年延安市植被覆盖图

# 始于吴起

溯退耕还林之源，敢为天下的是吴起……

1991年，吴起是延安地区经济最贫困的县。当时，石油工业刚刚起步，县上成立不久的钻采公司年产量只有3万多吨。1995年，整个县的财政收入只有1072万元，困难可想而知。

人们戏称吴起是延安的"西藏"——气候条件、自然条件在整个延安地区是最差的，海拔高、无霜期短。最高海拔是1800多米，最低海拔也在1200多米；无霜期最短不足百天，无法满足庄稼的正常生长需要。又因为靠近北边的毛乌素沙漠，土壤沙化严重、水盐碱含量太高。过去当地农民种烤烟，春天烤烟育苗的时候，吴起河里的水都不能用来浇地，一浇秧子准死，这水连牲口也不喝。

加之，长期以来吴起县农村几乎家家户户都养羊，羊对自然环境的破坏也是很厉害的。当地农民形象地说羊身上带了"四把刀子一把钳子"。"四把刀子"指四只蹄子，专门刨食草根；"一把钳子"指羊的牙。冬天

1984年的吴起

没草，它就用四个蹄子把草根刨出来，然后用牙把草根出起来；春天树和草的幼苗刚长上来了，羊过来一口吃了，这个树或者草就没了……

吴起有550万亩国土面积，有180多万亩耕地，还有大量的荒山荒坡为天然草场。但是18亩地才能承载一只羊，而且草场是公共的，大家谁也不爱惜，这群羊过来了，那群羊过去了，反复啃食，对草地造成毁灭性破坏。由于草场载畜量过大，加上放牧的无政府状态，对植被构成严重破坏，导致生态逐渐恶化。

到20世纪90年代末，吴起的生态几近崩溃。生态和生存矛盾日益激化，导致自然灾害频发，水土流失严重，人们的生存和发展环境异常艰苦。

严酷的现实迫使执政者冷静思考，寻找出路。脆弱的生态环境和贫乏的经济基础，就这样实实在在地摆在时任吴起县委书记郝飚面前。

吴起土地面积广大，当时实际耕种面积达到了180多万亩，而农业人口只有10多万，也就是说人均达到十来亩土地。

吴起人均这么多土地，为何不能养活自己呢？

"吴起最大的优势就是土地多！但是这些土地都以黄土梁峁、沟壑为主，降水量少，生态底子薄，自然灾害多发，农民收到手上的微乎其微，广种薄收就成了吴起农民的传统耕种方式。"郝飚接受采访时说，"正因为土地面积大，优势变成了劣势。吴起十年九旱、十年九灾是常有的事，过去老百姓之所以广种，是因为种三年两年都收不了，但是有一年抓住了也能吃几年。因此，农民在种地上投入的精力就特别大。"

吴起的农业几乎走进死胡同，如果再不修复生态，农业生产就没有出路了。在大量调研的基础上，郝飚得出一个重要的结论：掠夺式的广种薄收和过垦滥牧才是导致吴起生态环境严重退化的重要原因。扼制这两大元凶的办法也只有两条，一是退耕还林，二是封山禁牧。

"把村里25度以上的山地全退了。"1996年，郝飚在新寨乡杨庙台村抓点的时候，就给群众说，"既然不适合种地，那就干脆封山禁牧、退耕还林！"

群众反问他："退下来，口粮问题怎么解决？"

当时郝飚说："如果你们退了吃不上粮，我给你们发粮，全县人吃的面我发不起，一个村子的粮还是能发得起的。"

于是，经过审时度势，深入调研，在国家尚未出台退耕还林政策之时，1997年延安市先于全国在吴起县开始实施退耕还林工程。县委书记郝飚、县长师合林"四大班子"达成一致，痛下决心，发誓要走出"怪圈"，解决生态与生存矛盾，积极探索"双赢"之路。

"封山禁牧方面，咱们不能光堵，要像大禹治水一样，该堵就堵，该疏就疏。一方面不让上山放牧，另一方面大力扶持舍饲养羊。此前，因为都是乡政府强迫命令，不让农民放羊，只堵没疏，效果并不好……"郝飚介绍说。

1997年，吴起提出著名的"羊子双改"。第一改，是改革饲养方式，由过去的无政府状态放牧改为舍饲半舍饲。所谓舍饲就是把羊圈起来，把饲草拿回来喂；半舍饲就是等春天草长旺了把羊放出来，以吴起当时的环境，18亩天然草场才能养一只羊，但是人工种植的草场，一亩就可以养两只羊，相差了几十倍。11月草败了，再把羊圈起来。第二改，就是不断改良品种，将过去的山羊换成适宜舍饲的肉用羊。县上引进的主要品种是小尾寒羊。小尾寒羊按肥羔羊生产，半年即可出栏，3月份的羊羔到9、10月份就可以出栏，冬天只留下母羊和种公羊，这样在没草的时候，养羊总量就减少了。

县里提出舍饲养羊的方案后，按照养羊的数量和羊舍的规模给予养殖户适当的补贴。家住铁边城镇杨庙台村的许志洲老人是吴起县舍饲养羊的第一人。他从1994年开始圈养两只小尾寒羊，四年间累计出栏60多只,养羊收入达1.6万元。许志洲说:"圈养与放牧相比,费力少、收入多,还能积攒羊粪给农田上肥。"实施退耕还林后,杨庙台村20多户村民纷纷效仿许志洲养羊,随后舍饲养羊逐步在全县推广开。

在全面禁牧之初,不理解的基层干部说:"几千年农民就这么生存,凭啥你个县委书记,就要给我把一项产业硬生生掐断了。"

有农民想不通:"凭啥老祖宗几辈里都放羊,现在就不让放了?"

有人甚至扬言要赶着羊到郝飚的办公室去。

只要找到他办公室的,他都把人请进来,倒杯水,开始算账。

"你养四五十只羊,一年也就收入几千块钱,光'羊倌'工资就三千多,根本不划算。你说老祖宗几辈都放羊,那你富了吗?你要富了,就按你的路子走;你要没富,就按我的路子走。"郝飚说,"你把地种成林子,稍微带一点山桃山杏等干果,收入咋都比这多。"

通过反复地摆事实、讲道理,群众心里的疑虑慢慢化解了,再无一个人到市里上访。

大自然表现出了惊人的自我修复能力,吴起退耕还林的当年,山青羊肥,效果显著。当时,吴起的退耕还林一开始就立足自力更生,没有打算靠国家。

底气在哪里?

因为吴起的土地面积大,回旋余地也大。当时定了用五年到十年时间把坡度25度以上的坡地逐步退下来,同时把王洼子和铁边城两个乡镇留下来没有退。作为参照,准备日后和退耕还林的级镇做比较,看看效果到底怎么样。

有理不在声高,关键要有科学依据。结果到1998年11月,这两个乡镇说,这条路子很对,如果把他们继续留下来不让搞退耕还林,他们将来非落后不可。后来,在这两个乡镇也积极推行了退耕还林。

吴起县的发展思路为什么不是发展苹果或者其他的产业呢?

郝飚介绍说："在陕北，尤其是吴起这个地方，光靠种粮，农民肯定富不起来。当时延安南部洛川等地的苹果产业发展势头良好，但发展苹果产业在吴起不可复制，主要是因为吴起无霜期短，种苹果的话，4月8号前后下一场霜、雪，苹果正扬花呢，花全冻死了，那就不行。黄河沿岸的红枣、花椒、核桃也形成了气候，但是这些经验做法在吴起都不适用。要大规模搞工业、加工业、制造业，受地域、交通、环境等因素的影响又太大，工业基础和群众文化素质也决定了不可能很快搞上去。已经在延安地区、关中地区或者其他地区被实践证明相对成熟的思路在吴起都不适用，所以我们必须立足吴起实际，走出一条有自己特色的发展路子。"

吴起当时的改革步子跨得很大，作为"第一个吃螃蟹"的地方，外界的质疑声、挖苦声始终没有断过。吴起县从上到下实施退耕还林的决心是坚定的，一致认为推行退耕还林是符合吴起县情、遵循自然规律的举措。

郝飚一直认为吴起搞的这一套在西北地区具有极好的推广前景。比如像宁夏、甘肃的一些地方降雨少，纬度比陕北还要高，温度、湿度都不如吴起，在这些地方硬要搞种粮肯定不行。因为它天然降雨和粮食作物生长是反的，不像南方，人家鱼米之乡，正插秧的时候是梅雨季节，咱们这边种庄稼和长庄稼的时候就没雨，庄稼成熟了却到雨季了。

郝飚说："我们当时提了个概念叫'避灾农业'，人和大自然抗衡肯定抗不过，所以，我们要顺应大自然的规律，我们不是抗灾是避灾。你冻，我们就找个不怕冻的作物；你旱，我们就找个能避开旱的作物……"

后来，又有人心存怀疑："退出吃饭的田地，在自家田里种树，粮食和补贴真能给到咱手上吗？"

2001年，吴起县一次性给农民发放了三年的钱粮补贴，每亩折算160

元，此后年年如期兑现。过去，辛辛苦苦劳作一年，每亩地的收入还不到30元；现在，不用上山耕种，政府还给补贴这么多钱，群众一下子吃了定心丸。

由于吴起是封得最早、退得最快、面积最大、群众得到实惠最多的县份，截至目前，吴起县退耕还林面积是244.79万亩，成为全国退耕最早，退耕面积最大的县份，被誉为全国退耕还林第一县。农民人均纯收入也从1997年的887元，增长到了2016年的11538元。

据笔者了解，吴起县刚开始退耕还林时主要是种沙棘和柠条，后来县上有了钱就开始在沙棘林里种松柏树。在造林方面，吴起的思路是造经济生态复合林，就是把地退下来，近一点的能种草的就种成草来养羊，距离远一点的就种经济林，山桃、山杏等干果的产出要比种地的收入好得多。后来，又提出林地里可以种药材，实际上就是现在林业部门提出的搞"林下经济"。这样，地退下来了，生态恢复了，既涵养了水土，林地里又有收入，而且比种粮还强，确保农民不复垦。现在吴起由延安最穷的县变成了延安最富的县，"一碗水半碗沙"成为历史；农民变了，吃"生态粮"让他们"腰杆硬了"，袋中有钱心中不慌。

如今的吴起

第三章 绿色革命

大江大河，往往发端于一条不起眼的涓涓细流，辉煌的历史常常源于一个小的机缘和地域。封山退耕、种草植树、舍饲养羊，吴起做了先行者，成为以后退耕还林政策的重要的经验来源。

在距离吴起县城约1公里的一个山沟里，坐落着一座国家级展览馆——全国退耕还林展览馆，这个2009年建成的展馆运用声光电等现代科技手段，全方位地展现了退耕还林的历史进程。管理人员刘爱元介绍说，开馆以来，接待总量累计10万多人次，已成为一个重要的生态文化宣传阵地和生态文明教育基地，深入宣传退耕还林成果，进一步提高全社会的生态环保意识。

展馆内，一张遥感植被覆盖度监测图格外醒目，吴起县域版图基本被深绿的颜色勾勒了出来。

其实，在延安这片红色土地上，绿色生机正在蔓延至每一个角落……

## 一件大事做到底

二十多年来，退耕还林在延安一直就是"一件大事"。

在延安，退耕还林没有退路，被称为是一场"人民战争"。退耕还林，并非朝夕之功。延安生态之变，离不开延安市委、市政府几届领导班子"咬定青山不放松""功成不必在我、功成必定有我"的精神，坚持一张蓝图绘到底、一任接着一任干的气魄和胆识，换届不变目标、换人不变责任。目标只有一个，那就是再造延安秀美山川。

1999年，国务院领导提出了"退耕还林、封山绿化、以粮代赈、个体承包"的16字治理措施。退耕，就是把生态承受力弱，不适宜耕种的土地退下来；还林，就是在这些腾退的地方种上树和草，从源头防治水土流失，减少自然灾害，固碳增汇，应对气候的变化。

在吴起县经验的基础上，延安在全市范围内率先实施退耕还林工程，下决心将1000多万亩坡度25度以上坡耕地全部退耕还林。延安当时的情形是，生态依然脆弱的现实不容忽视，人居环境不美、森林资源总量不足、森林质量差效益低、森林面积分布不均、森林资源管护压力大等一个个突出问题成为制约延安生态文明建设难以突破的瓶颈。

贯彻落实16字方针，延安签订"军令状"来疏解任务。以退耕还林为主的生态建设高潮率先让整个延安都行动起来，迅速在黄土高原上掀起了一场"绿色"风潮。

2013年延安自筹资金，在第一轮退耕的基础上延安自筹资金2亿元，在全国率先启动实施新一轮退耕还林，发挥资源优势，大力实施生态扶贫。全市坡度25度以上坡耕地实现了应退尽退，生态环境进一步好转，终于破解了千年来的生态环境整体脆弱发展难题，彻底扭转了生态环境不断恶化的被动局面。

当地的群众就讲：过去10亩地全种粮，但由于坡耕地是跑水跑土跑肥的"三跑"田，亩产也不过是百八十斤，遇到干旱就颗粒无收，不够吃。退耕还林后，压缩粮田，人均建设两亩高产稳产田，又叫保水保肥保土"三保"田。还修了地堰，加深土层，采用新的技术精种，有农户一亩地产800斤到1000斤。

当地干部也讲：生产方式一旦转变了，发展和生态就是一个良性循环。这是个多生动的辩证法——10亩地吃不饱，2亩地吃不了，那么8亩地退耕还林，这样经济收入也有了。

"刚开始退耕还林，林业局拉来树苗，不少人不好好种。一棵苗子拿几个土块盖上就算栽好了，活下来的树苗才到一半。"马湾村村民马万山说，"1999年，很多人说退耕给的粮食和补助是哄人的，到了2000年，粮食和补助真的发到了每一户，大家伙这才信了。"这时，看到别人家认真种的树成片成林了，一开始不认真种树的人后悔了。

"刚开始都是为了应付上边检查，但慢慢发现，山地退耕了，种树国家给补贴，把人手空出来了，还能出去打工，一人能挣两份钱。"马万山说。

"种了一辈子庄稼的地，突然让我们种草种树，一开始想不明白。每人只留2亩多口粮地，我们家3口人交出近30亩地。"吴起县曹阳台村蔺治海说起1998年，"山上都是黄土，种什么都不长，原来种糜子、谷子一亩地就产个100多斤粮，基本上刚够吃饭。种玉米一亩地也就200多元收入，全年所有收入就1000多元。"即便如此，蔺治海心里仍想着：以后有机会还得再种点地。

但蔺治海种草植树的干劲很快就上来了。按照"谁地谁种谁管谁受益"的原则，他在"还林30亩"上，种了三年沙棘，随后又种植了松树、洋槐树、仁用杏、山桃。仁用杏和山桃三四年后陆续挂果，一亩地可以收入2000元左右，比过去种粮的收入高多了。

"吃饭更不用愁，交出去的30亩地，国家一年补助还有4800元左右。"

子长县重耳村村支部书记刘世仁记得，一开始老百姓忧心忡忡。无奈之下，他自己上山"立样本"，把家里12亩地全种了树苗。刘世仁如期领到了粮补，乡亲们纷纷上山种树。仅1999年，重耳村就退耕200多亩……

从此，一场"绿色革命"从黄土高原上的"红色圣地"发起，一场波澜壮阔的"绿色革命"，席卷全国大地。在这一"退"一"还"间，延安大地由黄到绿的改变悄然发生了。

当仁不让，延安成为全国退耕还林第一市，率先打响"退耕还林、封山禁牧、舍饲养羊"的延安吴起县，成为全国退耕还林第一县。

曾经的延安

现在的延安

## 奇迹：黄河水清

发源于青藏高原雪山之巅的黄河，是世界上含沙量最多的河流，泥沙俱下，万古奔流。

延安地处毛乌素沙漠的南边缘，过去曾经是黄河流域水土流失最严重的地方，是黄土高原生态最脆弱的地区。"下一场大雨剥一层皮，发一回山水满沟泥"，生态环境异常脆弱。1999年之前，延安水土流失严重，年入黄泥沙达2.58亿吨，约占入黄泥沙总量的六分之一。

在水资源紧张、栽植难度高等恶劣的自然条件下，延安人民以执着的"延安精神"，改造河山，肩挑背扛，三遍五遍补植造林，不断巩固提升退耕还林成果，二十年如一日。自1999年迄今，累计完成2000多万亩土地绿化，累计退耕还林总面积达1077万亩，森林覆盖率达到53.07%，林草植被覆盖率达到81.3%。

从卫星遥感植被覆盖度监测图上观瞻，延安37037平方公里的大地由黄变绿，子午岭、黄龙山、三北防护林宛如一道道绿色长城，牢牢地拱卫着中华民族的母亲河——黄河。延安的绿色崛起，阻止了毛乌素沙漠南侵。延安人民用一把把老䦆头，硬是将陕西绿色版图向北推进了400多公里。

近年来，黄河由浊变清，水土流失锐减，流入黄河的泥沙不到以前的零头，壶口瀑布每年有两个月竟然呈现出"清流飞瀑"的景观。近几年，延安遭受百年不遇持续多轮强降雨袭击，总降水量为往年同期降水量的5倍。由于退耕还林改变了延安承受自然灾害的能力，山上树木大部分成林，林下有附着物，对水的吸纳性非常强，实现了水不下山、泥不出沟。这么长时间的强降雨，一个月下了一年多的雨量，如果不是退耕

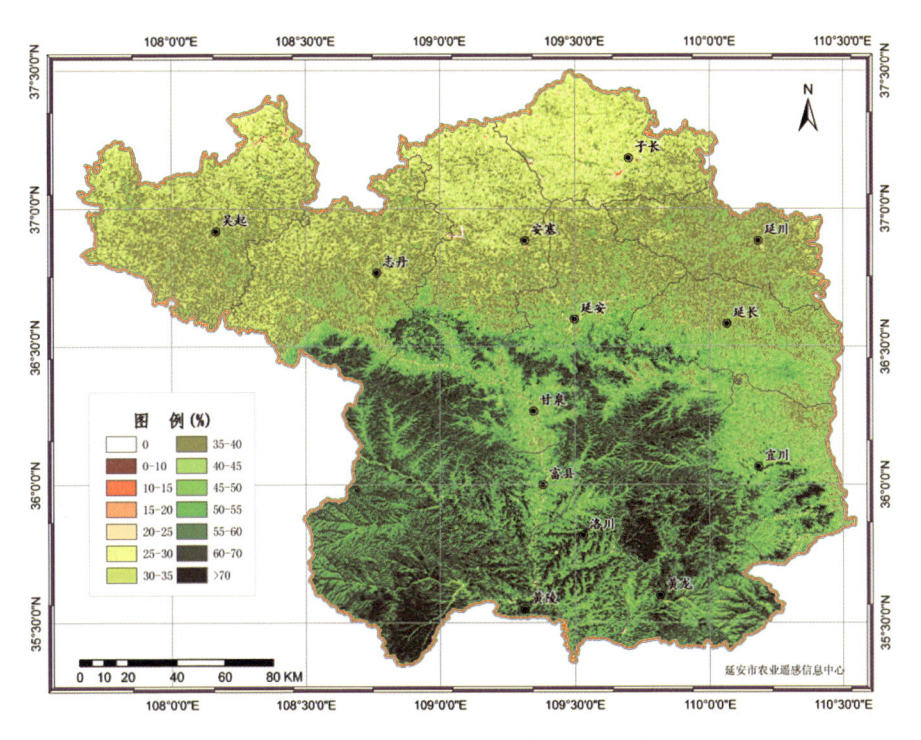

2000年延安市遥感植被覆盖度监测图像

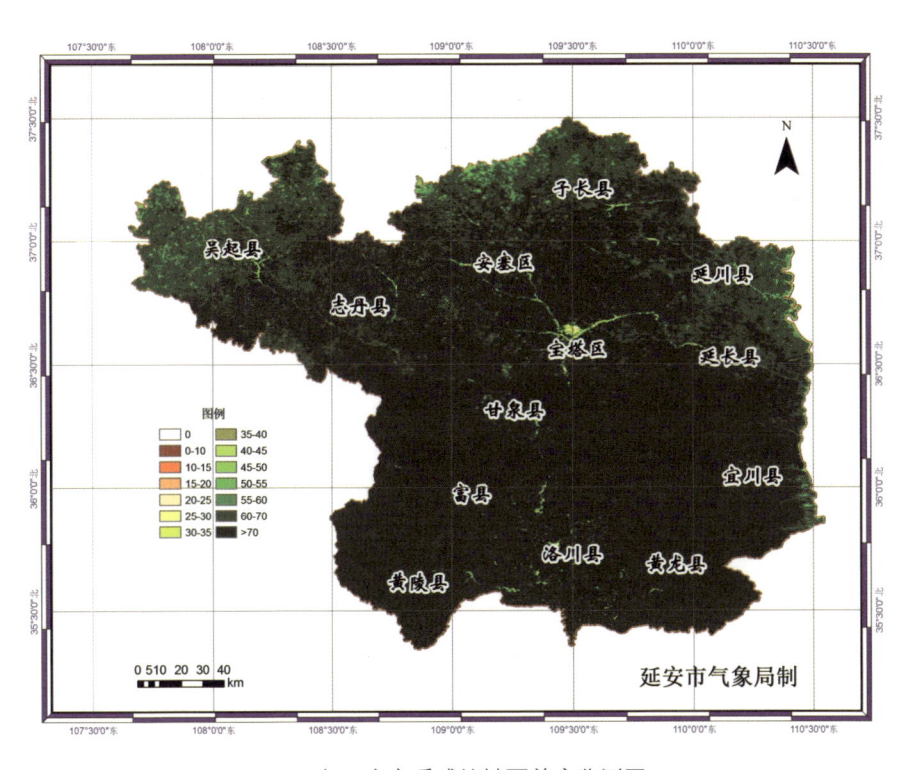

2018年延安市遥感植被覆盖度监测图

还林、不是森林涵养水源能力增加，延安一定是多地洪水暴发，带来更大的灾难。

时至今日，志丹县永宁镇71岁的李玉秀仍然会想起四十五年前被洪水冲走婆姨的事情。

"那年，20来个人一起上地，山里下大雨发了洪水。大家四散躲避。等洪水过了，发现少了我婆姨，寻来寻去，只在河沟边找到一只鞋。"李玉秀老泪纵横。这极端的故事，却是延安当时在经济发展与生态脆弱之间真实的写照……亲人被洪水卷走的李玉秀偶尔还会被回忆勾翻起往昔的痛楚。

"亏了山上有树，水不下山。"他说。10多年来，李玉秀始终执着地扛着铁锨上山种树。看着亲手种下的小树慢慢成林，光秃秃的山峁逐渐变了模样，李玉秀说："现在，村里人再也不用跑洪水了。"

## 绿色的魅力

过去，有人说延安的群山就像是一笼笼蒸熟的黄馍馍。当地人说："过去我们这里的人，男的不敢穿白衬衫，女的不敢穿白裙子，出去转一圈，回来就剩土色了。"

二十年退耕还林，大自然表现出了惊人的自我修复能力。遥感植被覆盖度监测图上的延安，就像一枚绿色邮票镶嵌在黄土高原上。往日的满眼风沙已不在，苍凉破碎的沟沟壑壑，仿佛被一双绿色巨手抚过，成为绵延的青山绿水、一望无际的林海。

延安的退耕还林工作成为中国生态建设的一面旗帜，得到了国家有关部委的高度重视和社会各界的普遍认可。

一批新物种的出现，正是生态好转的有力证明——生态植被恢复后,山绿水清,野生鸳鸯、环颈雉、文须雀、黑鹳等向往绿色的鸟类,也正在向这里迁徙。延安各县新物种研究统计,鸟类已由过去的10余种升至目前的162种。

原麝、金钱豹等多年不见的野生动物,近年又重现山林之间。2017年,黄龙县发现原麝,这是陕北地区首次发现活体原麝。原本生活在秦岭山系的林麝,竟然出现在陕北。十几年见不到的山鸡、野兔,如今山里洼里到处都是。鸳鸯,也于2015年现身吴起县庙沟镇。此前七十多年,这种吉祥鸟只活在陕北民间的绣花样上。

老百姓还好几次看到金钱豹的踪影。宜川一个农户发现圈里的羊总是奇怪丢失,晚上,他埋伏着暗中观察,结果让他大吃一惊,悄悄进庄的竟是一只金钱豹。当地一个村民还在采石场发现了4只金钱豹幼仔。

子午岭自然保护区,是陕北黄土高原上第一个国家级自然保护区。保护区负责人说:"现在延安已经发现8种国家一级野生保护动物,有金钱豹、林麝、丹顶鹤、褐马鸡、金雕、大鸨、黑鹳,还有白鹳。"

气象资料显示,延安年平均沙尘日数减少,城区空气"优""良"天数从2001年的238天增加到2019年的323天。入黄泥沙量从退耕前的每年2.58亿吨降为0.31亿吨,年平均降水量从300多毫米增加到550毫米以上,生态环境脆弱得到了有效改善。

曾经的延安,是红色,亦是黄色。

红色,是延安的精神气质。这片革命圣地激励着一代代共产党人牢记使命,永远奋斗。黄色,是延安的自然之色。全境是典型的黄土高原丘陵沟壑地貌。

如今,有人说,延安是蓝色的,因为延安的空气质量好。延安的夏天,大多是晴空万里。"圣地蓝",延安人喜欢用这样的名字称呼他们的蓝天,言语里带着骄傲。外地人也喜欢用这样的名字描述延安,因为,除了红色的基因,这片蓝天正成为延安带给中国天空最大的惊喜与快乐。

有人说，延安是金色的！一到夜晚，延安大灯小灯，交相辉映，到处流着金光。延安标志性建筑宝塔山，似一柄熊熊燃烧的不灭火炬，烛耀华夏！

## 延安以北

奇迹不仅仅在延安，还扩大至延安以北的榆林。

延安是"一油独大"，榆林则是"一煤独大"，两地的人均GDP、人均财政收支也都相差不多，属于黄土高原的富裕地带。2016年，黄土高原的延安成功拿下"国家森林城市"称号——森林覆盖率高达46%。延安北面的榆林也没有闲着，榆林的目标是到2020年完成植树造林2400万亩，森林覆盖率达到36%。

此前，网友发布的一条"中国真要干成了一个前无古人的事情，毛乌素沙漠要被灭了"的微博，引发了热议。毛乌素沙漠的对比照也被网友公布在了网络上，前后的变化让人心潮澎湃。

毛乌素沙漠是中国四大沙地之一，位于陕西榆林地区和内蒙古鄂尔多斯之间，总面积达4万多平方公里。中国版图的中央，北纬33°～47°、东经75°～127°之间，陕西如一尊秦俑跪地而立，凝然西顾。作为中国四大沙地之一的毛乌素沙地，就是秦俑头上缠着的一条土色的头巾。

资料显示，在1949年以前的一百年里，现榆林市所在的地方深受土地沙化之害，村庄、农田、牧地，被吞没的就有4000处以上，当地百姓的生活受到很大的影响。自1959年起，政府大力兴建防风林带，引水拉沙，引洪淤地，开展了改造沙漠的巨大工程。

21世纪初，黄土高原中的沙漠化趋势得到控制，80%的面积得到治理。如今的毛乌素沙漠已经很少能见到大面积的沙丘了，取而代之的是随处可见的树林、草滩和湖水，榆林由"沙漠之都"变为"大漠绿洲"。

通过卫星遥感植被覆盖度监测图我们看到：陕西的造林情况，延安好于榆林，而陕北又整体远好于临近的甘肃。在延安的黄龙县、富县，甚至延安周边，已经是深绿色，植被覆盖状况相当好。甘肃庆阳和陕西延安之间形成了一条"绿色边界线"，如果把延安西北角的吴起县单独放大看，与甘肃的分界线就更为明显。

巧的是，这两个地级市2017年的常住人口都是226万，但经济情况却截然不同。陕西延安：2017年，GDP1266亿，增速7.6%，地方财政收入140亿，财政支出353亿。甘肃庆阳：2017年，GDP619亿，增速0.5%，地方财政收入47亿，财政支出233亿。两地人口类似，但生产总值差了1倍，财政收入差了3倍，经济实力差距极大——这也许正是绿色革命的魅力和意义吧！

## 改变的不只是山水

我们将目光从延安移向遥远的华北——塞罕坝。

历史上的塞罕坝是一片绿洲。后来，由于过度开垦伐木，塞罕坝在百年间由"美丽高岭"退化为茫茫荒原，黄沙漫漫。20世纪50年代，塞罕坝已是"飞鸟无栖树，黄沙遮天日"的荒凉景象。2017年，塞罕坝林场建设者荣获联合国最高环保荣誉——"地球卫士奖"。塞罕坝林场是世界上面积最大的人工林，被誉为"华北绿宝石"。

为什么塞罕坝会从"美丽高岭"变成"黄沙漫漫"？为什么它又能从"沙地荒原"变回"林海绿洲"？

答案是：几十年来，林场人发扬绿色发展的塞罕坝精神，种下一棵棵落叶松、樟子松、云杉，建成一道道绿色屏障，创造了沙地变林海、荒原成绿洲的人间奇迹，生物多样性也得到恢复。

放眼中国的大江南北，退耕还林还草将浑善达克沙地南缘的内蒙古多伦县变成青草绿树的美丽画卷，让南水北调中线源头——丹江口水库两岸的森林得以修复，给三峡工程大坝库区建起一道强大的生态屏障，为西南部裸露的石漠化地区披上了绿衣裳……

一个更绿更美、生机盎然的美丽中国正呈现在世人面前。

持续增绿，森林覆盖率显著提高。英国《自然-可持续发展》杂志上发表的一篇论文指出，从2000年到2017年全球新增的绿化面积中，约四分之一来自中国，居全球首位。

持续治沙，荒漠化沙化趋势逆转。自2004年第三次全国荒漠化和沙化土地监测以来，连续3次监测结果均显示：我国荒漠化沙化面积呈持续缩减趋势，"沙逼人退"转变为"人进沙退"。

持续减排，温室气体排放大幅降低。

现在，走绿色发展道路，建设生态文明，实现可持续发展，已经成为当代中国的发展共识。美丽中国，不仅是山清水秀、天蓝地绿，而且是留住乡愁、守望相助的生命家园。走绿色发展道路，建设资源节约型、环境友好型社会，实现经济繁荣、生态良好、人民幸福，这既是建设美丽中国的时代图景，也是实现中华民族伟大复兴的历史使命。

退耕前，盲目地毁林开垦和陡坡地、沙化地耕种，给我国造成了严重的水土流失和风沙危害，使得洪涝、干旱、沙尘暴等自然灾害频频发生，国家的生态安全受到严重威胁。困境中，人们开始认识到：牺牲生态换生存，其结果是连生存也保不住。这就是违背自然法则的恶果。此时，退耕还林还草的战略决策，让人们得以重新审视人与自然的关系。

退耕还林的实践表明，由于生态环境和生产条件的改善，退耕地区粮食单产水平的提高足以抵补退耕地的产量。近年来，全国粮食产量持续增长，西部退耕还林比较多的省份粮食总产非但没有减少，有的还增加了。可见，退耕还林还草改善了生态环境，促进了林茂粮丰，助力中国人把饭碗牢牢端在自己的手里。

退耕还林工程实施后，农村经济逐步向设施农业、高效农业和现代化农业转变。以延安来说，农民从繁重的体力劳动中解脱出来，大量向二、三产业和城镇转移，城镇化率达到62.3%。大力开展农民转移就业培训，有效加快了城镇化进程，为实现城乡社会保障并轨、社会事业发展和公共服务均等化创造了有利条件。

据国家林业和草原局公布的数据，截至2019年中国累计退耕还林还草5.15亿亩。监测显示，长江、黄河中上游流经的13个省、自治区、直辖市，退耕还林工程每年产生的生态系统服务功能总价值超过1万亿元。中国预计每年仍将保持1000万亩以上的退耕速度。因此，这一"双赢模式"在中国还会不断扩展。

作为世界上最大的生态建设工程，退耕还林还草也为应对全球气候变化、解决全球生态问题作出了巨大贡献，成为中国政府高度重视生态建设、认真履行国际公约的标志性工程，受到国际社会的一致好评。美国、澳大利亚、日本、欧盟等30多个国家和国际组织纷纷对我国的退耕还林工程给予高度评价。

美国斯坦福大学教授格蕾琴·戴利通过深入研究指出，退耕还林是一个极大的创新项目，中国对退耕还林的大力投入现在开始收获果实，它解决了两个至关重要的问题：保护环境，同时引导产业转型，为农村极端贫困人口提供致富机遇。她认为，退耕还林已经在中国取得了显而易见的成效，其他国家应重视并学习中国的经验，将中国当成一面镜子。

长期跟踪中国退耕还林还草工程的美国北卡罗来纳大学教堂山分校宋从和教授等专家的研究表明："退耕还林还草成功地实现了土地利用的转化和保护，对农村居民的生计产生了深远的影响，是深受中国老百姓支持的项目",从"要我退,要我护"到"我要退,我要护",生态文明理念得以深入人心。

延安市安塞区雷坪塔村农民张莲莲一家四代植树1750亩。

一年中的春秋两季,是种树的季节,而这时陕北的天气往往还很冷。和"插个树枝就能活"的江南不同,为了种树,延安人付出了艰辛的努力。

为了在陡峭的山崖上种树,农民们把树苗放在背后的背篓中,匍匐着身子,手脚并用地爬上去。乱石丛生的陡峭山崖到处都是,存不住水、种不了树。但人们并没有放弃,他们想出办法,沿着崖畔用石头垒成坑,在坑中填入运来的黄土,把大苗栽进去,再进行灌溉。在滴水成冰的天气里,人们不仅要来回多趟背树苗,还要在几乎直立的山崖上挖坑、种树,渴了喝口凉水,饿了啃个干馍……

在一面面陡峭的山坡上,延安人用这样的"土办法",种活了一片片树林!

如果没有延安人民群众几十年的坚持和付出,延安的生态面貌就不会发生改天换地的变化。通过张莲莲这"一滴水",折射出来的是中国这场波澜壮阔的"绿色革命"……

**滴水藏海**

## "树痴"

雷坪塔村的地形就像一个硕大的碗,从位于"碗底"的张莲莲的院子举目四望,四周大山郁郁苍苍,植被密不分株、枝缠藤绕。轻风抚过,林海犹如绿色的波涛,一浪高过一浪,向山顶、向山外推展开去……

这片林海,并非天然的原始森林,而是一个叫张莲莲的普通党员,带领一家四代四十年接续奋斗的成果。她一家人植树20多万棵、1750亩,终于把曾经满目苍凉、飞沙走石的荒山变成了绿水青山……

### 穷日子:为了烧开一锅水,情急之下烧了一双鞋

"雷坪塔,沟坮洼,水土流失年成瞎。地老天荒梁峁秃,糜谷旱得拧麻花。"这段流传的民谣是当地风貌的真实写照。恶劣的生态令当地人苦不堪言:起风时黄土遮天蔽日,大白天窑洞里也要点起煤油灯……

张莲莲的父亲先后担任过志丹县县长和延安地区林业局副局长,但传承下来的勤俭节约、吃苦耐劳等优秀品质一直没有丢。两个弟弟上中学后,父亲要求他们每年自己解决自己的学费,记得当年延安飞机场正在扩建,小哥俩为飞机场拉运过石料,苦苦干了一个暑假,才赚回两人的学费。父亲的言传身教和对子女的严格要求,使张莲莲受益匪浅。

20世纪80年代初，张莲莲初嫁雷坪塔村，婆母曹会莲是一位女强人，生产队的农活样样都能干。当年往山上送粪、去粮站送出购粮，100多斤的口袋有些男人都发愁，可对曹会莲来说根本不在话下。在那个靠工分吃饭的年代，曹会莲比一般妇女每天能多挣两分。这是因为她能吃苦，效率高，不仅成为当年妇女学习的榜样，还先后当选为村妇女队长和大队妇女主任。从过门起，张莲莲一直和公婆同住一个院，同吃一锅饭，朝夕相伴近五十年，不管多忙多累，回到家总是嘘寒问暖，体贴入微。饭热了，总要把第一碗饭先递给老人。

一方水土难养一方人——彼时的雷坪塔村如同黄土高原上千千万万的村子一样，山大沟深、植被稀少、水土流失非常严重，土地贫瘠、广种薄收。植被几无，一场夏雨混着泥沙，顷刻间就能将庄稼人一年的希望冲灭。一斤种子种下，有时连一斤粮都难以收回。陕北不仅吃粮难，花钱难，不少地方连煮饭烧柴都非常困难。牛拉屎了，老汉们赶紧用手掬起牛粪，贴在墙上晒干当柴烧。

那一年，张莲莲19岁，一位县上的领导干部去村里检查工作，在她家吃派饭。面条下到锅里了，牛粪烧完了，眼看水差一把火烧不开，张莲莲情急之中脱下自己的鞋子投进灶火口，这才煮熟了面条。这个故事，好面子的她也未曾向外人提起。多年后，回忆起来，她也是唏嘘不已："丢人呢，不敢给人说，怕人家笑话我们把日子咋过成那种光景！"

据张莲莲回忆，那会儿赶集上会，顶多就拿3元钱，每次早早把鸡蛋攒下，鸡蛋一卖赶紧用这钱买些油盐酱醋、针头线脑的零碎日用品。

1981年，眼见着女儿一家的日子越过越恓惶，时任延安地区林业局副局长的父亲张静，启发张莲莲上山种树。他告诉女儿："虽然你没有什么文化，但是现在政策好了，只要能吃得下苦、受得下罪，好好栽树，一定能过上好日子。"

"起码绿油油的图个好看啊，也有柴烧……祖祖辈辈都在这荒山上种地却吃不饱肚子。地总不能荒着，种啥？那就种树吧！"张莲莲尽管还不能完全明白父亲的心意，但丈夫王耀武是个木匠，考虑到当年给人家做家具常常缺乏木料，就决定听从父亲叮嘱上山种树。

就这样，因着父亲的启发，张莲莲扛起镢头上山栽树，从此就再没停下来……

## 四十年间用坏了100多把镢头，穿坏了300多双鞋

1981年，改革开放的春风吹遍了大地。不甘贫穷的张莲莲，大胆地承包了村里无人问津的400多亩荒山秃岭，将省吃俭用攒下的钱全部买成树苗，夫妻俩开始向荒山宣战。

天不亮，她就把年幼的孩子用一根草绳往炕上一拴，天黑嘛咕咚就和丈夫背上糠窝窝，扛着镢头、树苗就上了山，此时村里人家还没有烧火做饭，鸡还没叫……一栽就是一整天，天黑时才下了山。没有树苗自己掏钱买，没有水窖就肩挑石头自己砌，张莲莲的双肩时常被扁担磨得鲜血淋淋。

"延安的冬天走得迟，春秋两季都是栽树的好时光，中间闲不下几个月，全年我基本上都在栽树……"张莲莲说，"栽的最多是槐树和柠条，最热的天气在最高的山上栽树，为了节省时间几天都不回家，带上一包袱锅盔当饭。有时候盘算得仔细，瓜果西红柿都不舍得吃。"

陕北的山梁陡峭，当时雷坪塔的山大多数没有开路，有些坡度超过75度的山崂连羊都上不去。但只要是能爬上去站住，她就要想办法爬上

去栽树。有几次从山坡上滚落下来，摔得鼻青脸肿、鲜血直流。

沟道里全是坚硬的沙石，铁锹根本铲不进去，栽树更不易。她就跪在地上用手刨，手指磨破了，就用布条包住继续刨，时间长了，两个膝盖都跪出了问题，手指也变形了。现在，张莲莲的右手四个手指头向里弯着，无法伸直。

有一次，拉树苗上山时，车子翻落沟底，驴子被扣在车下奄奄一息，张莲莲也失足摔伤，右膝当场受伤，自此落下病根，至今难以打弯。直到十年之后，她才做手术将右膝盖骨摘除。

冬天陕北天寒地冻，张莲莲常年过山涉水，另外一条腿也得了严重的风湿关节炎……最终，两块不锈钢人造膝盖被永久植入她体内。

起初种树时，由于树根不牢，一场暴雨下来，成片的幼林被连根拔起。村里人都说，"这下她该放弃了吧？咱这黄土地，天生就不是种树的地！"听着这些话，她整夜未眠。

打击接二连三，但是，树倒了，张莲莲没倒下。想起老父亲的那句话，加之骨子里面生来就有种不服输的劲，第二天她就又红着眼眶扛着铁锹上了山。

她心里想："别人都说我种不成，我就偏要种成给他们看！"村里人发现，除了夜里睡觉，山梁上总有一个挥舞镢头的瘦小身躯。

"她放着好地不种，却在山地上种树？"在那个温饱尚成问题的年代，张莲莲的举动招来了很多质疑。就连丈夫也说："树木30年才能成林，我们能等得到吗？"

背地里有人感慨地说："这婆姨家的，身子比锄把子高不了多少，哪来这么大的力气哩？"渐渐地，村里有人也跟着种起了树。

后来，张莲莲发现花那么多钱买的树苗，经过拉运的折腾，成活率很低，张莲莲就琢磨着自己育树苗。她从村里和山上稀有的几棵槐树上收来树籽儿,自己建起了苗圃。

四十年日复一日、年复一年,肩膀磨出过血,手掌磨褪过皮,粗略算,张莲莲用坏了100多把镢头,穿烂了300多双布鞋……永不停歇地栽苗、浇水、锄草、爱护,终于在荒山荒坡上造林1750亩、植树20多万棵,让曾经满目苍凉、尘土飞扬的雷坪塔黄土坡变成了密不分株的青山绿地。

## 省上领导感叹:有这一双手,这才是真正的劳模

四十年的艰辛,昔日的黄土山坡已成葱茏绿海,一茬一茬的小苗长大长高,长成了参天大树。1750亩,张莲莲造林的面积,在如今延安的绿色版图中或许微不足道,但见证过雷坪塔曾经满目荒凉的人,就会读懂她追逐绿色的那一片初心。

中年时期的张莲莲

在国家退耕还林政策全面启动前的很长一段时间内，她家的林地都是安塞焦渴的黄土中少有的成片绿荫。数千亩青山，20多万棵苍翠！这位大山褶皱中的普通农村妇女用实际行动实现了自己绿色梦想，用毕生精力践行着"绿水青山就是金山银山"的发展理念。

"你能看到的绿色，大多是张莲莲种的。现在村里一年四季都难见黄土飞扬，夏天雨再大也难以形成山洪。过去哪里敢想，黄土高原能变成这副美丽的模样。"雷坪塔村村民马登喜说。村里人都说张莲莲是个"树痴"，种树有瘾，最多时一天能种下500多棵树。

"现在雷坪塔村林草覆盖率达98%。张莲莲栽植的林地占到全村的60%以上。"雷坪塔村隶属金明街道办，副主任张小龙说，"张莲莲为雷坪塔村的生态建设作出了巨大的贡献。"

雷坪塔村党支书瓮殿龙说，在国家启动退耕还林政策后，张莲莲免费向全村人赠送种苗，大家都跟着她学习种树。为了让乡亲们种的树能顺利通过验收，张莲莲看见有空地就补种，比主人家还上心。

时至今日，全村95%的林地都种上了树，村里发展起6000多亩经济林，人均收入达1.13万元。依托良好生态，村里还要建设第一个3A级景区。

"母亲一辈子没有别的爱好，就喜欢种树。自我有记忆起，就被她带着上山栽树。造林是家中永恒的话题。"张莲莲的儿子王军说，那时候自己还小，不明白母亲为何要把自己过得这么苦。包产到户后，几亩口粮田就已经能吃饱肚子，可母亲仍没日没夜上山种树。自己放学回家不见父母，饿得冲山上号叫，母亲却没听见，一心种树。

行走在叶茂参天的千亩林地里，湿润的空气让人很难相信正置身于素以干旱著称的黄土高原。深一脚浅一脚踩在落叶丛中，张莲莲像往常一样，为新栽的松树培上新土，修剪掉斜叶歪枝。老伴王耀武手持铁锹在身旁帮忙，无需多言，一个眼神中包含着理解和默契。

世上没有白吃的苦，更没有白受的罪，终究会有回报的。20世纪90年代，山西的一家煤矿要一批矿柱，因为要的数量大而且质量高，考察了几个地方都不理想，最后到张莲莲的林场一看，就确定下来了。为此，她向县林业局申请了400方的伐木证。这是张莲莲植树造林的第一笔收入。在享受到植树造林的红利后，她更加坚信父亲的话，开始更大规模的种树。

1995年，张莲莲承包了村集体上百亩土地，种上苹果树、桃树和杏树。几年过后，果园进入盛果期，最多卖到过三四十万元。

1999年，延安作为全国试点，全面开始实施退耕还林工程。从那时起，张莲莲不仅栽树的劲头更足了，还免费给村里人提供树苗，带动大家一起绿化山坡。她说："我是个老共产党员，要起带头作用，我就说，大家富了比我一个人富了强。"

"常年挥镢头让母亲的手心被反复磨破。她缝个布溜子套在手上也不顶事，常常刚长出嫩皮就被磨得血肉模糊，手掌就越来越白。"长子王军说。

见过张莲莲的人，都对她那双黑白分明的手印象深刻——经年累月的风吹雨淋，让手背黝黑布满"沟壑"；骨节粗大异于常人，手掌发白尽是老茧。张莲莲黑白分明的一双手，见证"树痴"四十年的造林路。

在陕西省第十届人大会上，省上领导让她把手举起来给大家看，她举起手给参会的代表们看，现场一片惊讶唏嘘声……

省上领导感叹道："这不愧是全国劳模的手，你们谁有这一双手？这才是真正的劳模！"

## 家训：植树造林就一定能过上好光景

站在山顶举目四望，曾经满目苍凉、飞沙走石的荒山，已成为密不分株、枝缠藤绕的青山，郁郁葱葱的千亩林海，很难相信，这是素以干旱著称的黄土高原……

生态改善，防止了水土流失，还能为子孙留下一笔财富，张莲莲逐渐明白了父亲当年的良苦用心。"植树造林就一定会过上好光景"，她把这句嘱托当作家训，镌刻于家院的外墙之上，一辈一辈传给后人。

张莲莲夫妇及他们的家训

张莲莲家在雷坪塔村的低洼处，整齐、阔大的一个农家院落，一进大门，左手墙上写着的"守住绿水青山，就是金山银山"，院子的菜园子里栽种着蔬菜，西红柿、辣椒、茄子果实繁累，还有一簇挺拔的玉米，显得生机勃勃，东边的白墙上赫然写着"幸福的家庭是奋斗出来的"，鲜红的大字格外显眼。

"母亲一辈子都笃信：幸福的家庭是奋斗出来的，人勤就有好日子过，植树造林就一定会过上好光景。"王军说。

几十年来，张莲莲的4个儿女和9个孙辈都跟随她栽过树造过林。许多当年儿孙种下的小树苗，如今枝繁叶茂，粗得一人不能合抱。

"我背着铁锅、奶瓶、奶粉，边植树边把两个孙子带大了……"张莲莲回忆说，"两个孙子小时候都跟着我上山栽树，我挑着水桶，让孙子走在后边他不肯，偏要磨磨唧唧走在我前头，小孩子走得慢，我只能担着水桶跟在后边慢慢挨……"

不负青山，青山不负！绿水青山终成金山银山！从父亲到自己的孙辈，张莲莲一家四代接续造林20多万棵，也从绿水青山中享受到生态红利——从2015年起，王军子承母业，在千亩林地里创办生态农场发展林下养鸡。如今，农场年出栏土鸡3万余只，向西安等地40多家超市供货，以张莲莲名字命名的"莲花鸡"品牌也逐渐打出名堂。

"如果没有这片林子，鸡就养不起来。守护好这绿水青山，就能变成金山银山。"富起来的张莲莲没有忘记乡亲们。自创办以来，生态农场累计用工350人以上，其中90%为本村和周边农民。逢年过节，她都会把鸡蛋和土鸡送到乡亲们家中。最近，王军还盘算着将土鸡分给贫困户喂养，由农场统一收购，预计能带动45户贫困户脱贫。

"这山就像母亲，林子就像儿女，善待母亲就能生生不息……"

## 张莲莲讲党课：大家富才是富

只会写自己名字的她不善言辞，但却对党有着最质朴的情感。2003年，张莲莲光荣加入中国共产党。在她的言传身教下，9个孙辈中出了6个大学生，次子、长媳、长孙也相继入党。

"没有改革开放，我们家就过不上好光景。没有国家的退耕还林政策，陕北就没有今天的绿色面貌……"张莲莲始终对党心怀感恩。在张莲莲劳模创新工作室，陈列着这个家庭获得的荣誉和用坏的镢头、上山烧水的铁锅等物件。张莲莲自豪地指着墙上的照片说："这个支部里有我家里5个人，这个党员是我儿媳，这个党员是我孙子！"

"我虽然年纪大、不识字，但我听党话、跟党走，是党的好政策让我过上好光景，主题教育让我更加坚定了信心和决心。"这就是荣

张莲莲讲党课

获"全国劳动模范""全国最美家庭""全国巾帼建功标兵""全国'三八'绿色优质工程奖""共和国脊梁世纪之星""陕西省劳动模范""陕西省五好文明家庭""陕西省双学双比女能手"等荣誉称号的一名普通农民共产党员张莲莲的心声。

"不忘初心、牢记使命"主题教育开展以来，张莲莲虽然不识字，但学习不松劲。她说："在学习教育方面，一是通过电视观看习近平总书记最新重要讲话，眼看心记自己学；二是我们万莲工贸公司党支部书记李红卫、我的儿媳妇给我讲习近平总书记新时代中国特色社会主义思想中有关惠农政策，支部家人帮助学；三是村、街道党组织定期上门送学；再就是市区各部门各单位来我这里参观考察时，我们相互交流学……使我对习主席'绿水青山就是金山银山''幸福是奋斗出来的'，耕读传家、勤俭持家是家庭文明建设的宝贵精神财富等话语有了更加深刻的认识和理解。"

"党员就是要带头，做什么事都要清清白白，要心里一直装着群众。"张莲莲心里装着乡亲们。多年来，她先后5次从上级申请项目，为村里修路架线。2007年，她出资5万元改善了东营小学的教学设施，长子王军资助村里一个孤儿念完了大学。2011年，她用从省里争取来40万元资金拓宽了村里的道路。

这一天，笔者和张莲莲参观她的两个林下鸡场，虽然腿脚不便，但只要爬上山梁，她就浑身是劲：这片林是哪年种下的，那棵树害过几次病，她如数家珍，像介绍自己的亲人一般。

在鸡场附近的沟沟坎坎转了一圈，张莲莲随手就捡了几十个鸡蛋，她说现在每天可以产蛋1万个，每天光鸡蛋的收入就是近万元……

张莲莲常说："一户富不算富，大家富才是富。"

近年来，她摸索建立了"学林养林，伐育结合"的规模化生产经营模式，种植苹果、核桃、刺槐等林果1200多亩，林下养鸡3.8万羽。采取"公司+基地+困难群众"模式，由万莲工贸公司和金明誉美实业有限公司联手，带动全村124户困难群众发展养殖产业，第一次利润分红每户1050元，共分红13.2万元。为带领更多的群众过上好光景，她计划将万莲工贸有限公司打造为年出栏10万羽、存栏7万羽的林下养殖示范基地，与东营村38户建档立卡贫困户签订养殖协议，免费为每户贫困户提供50只左右幼鸡苗和技术帮助，并免费帮助销售，使每户贫困户每年通过养鸡增收2000元左右，力争带动100户以上贫困户从事"莲花鸡"养殖，从而带动更多的贫困户通过养鸡实现脱贫致富。

2000年，因造林有功，张莲莲被授予"全国劳动模范"荣誉。2017年，她全家荣获"全国最美家庭"称号。荣誉纷至沓来，张莲莲依旧保有农民的朴实：用的是100多元的手机，极少买新衣，无论谁来家里做客，她都要先煮上一筐鸡蛋塞到客人手中。

儿女在安塞城里为她买下新房，张莲莲却很少去住。每年超过11个月住在村里，她放心不下这片林子。每次离家久了，她都要赶着回来，到家第一件事就是上山，在树下一坐就是一晌。

"这山就像母亲，树林就像儿女。孝敬母亲，儿孙就能生生不息。"走进山林，张莲莲常发出这般颇有哲理的感慨。张莲莲用四十年造出一片绿，又将家训传承给子孙，共同守护好这片绿色家园。曾经，她在政策允许的情况下间伐过一次之后，就再没动过砍树的心思。

每年春节全家团圆时，张莲莲一家总是会在人到齐之后，几代人一起扛着镢头、铁锹爬上山林。在树下谈心，回顾过往的日子，许下来年的心愿。这一次次虔诚的仪式，让青山绿林见证他们家庭的成长。

四十年间，雷坪塔的山青了，水绿了，张莲莲的发梢却白了。如今，70岁的她仍每天上山、见缝插绿，在参天的刺槐林中不断种下新的幼苗。

"把这山治理成青山绿水，这就是我们的金山银山。"她说，"等我去世了，就埋在雷坪塔的树林里……"

清晨，葱郁的山岭，晨阳璀璨的光霞中，张莲莲扛起镢头，深一脚浅一脚地又上山了……

CHAPTER 4

国 家 战 略

第四章

生态可逆

延安的"绿色革命",不仅倒拨了"生态时钟",还深刻影响着人们此后的生产生活方式。它所带来的转变,从生态开始,进而席卷了人们生产和生活的各个领域。"植树造林就一定能过上好光景"已经成为延安老百姓的普遍共识和自觉行动,兴绿护绿爱绿在全社会蔚然成风……生态文明理念已经成为延安人民的主流价值取向。

延安的退耕还林,扭转了当地的生态环境,改变了农民"面朝黄土背朝天,广种薄收难温饱"的生活困境,同时"绿水青山"还催生了新的"生态经济"。据国家林业和草原局的综合统计测算,在实施退耕还林以前,许多地方一亩地的收入在三四百元,实施退耕还林以后,一亩地的收入在2000元以上。

目前,延安林果面积已达676万亩,实现年产值在百亿元以上,森林旅游年直接收入达1.2亿元,林下经济年收入8.1亿元。延安生态建设二十年来,退耕还林产生的生态效益每年达到了218亿元。2018年,延安接待游客6343.98万人次,实现旅游综合收入410.7亿元;2019年延安接待游客7308.52万人次,实现旅游综合收入495.31亿元。

延安真正实现了生态保护和脱贫攻坚"一个战场、两场战役"都胜利,走出了一条以绿色生态引领经济高质量发展的路子!

## 一道霹雳敲响的警钟

陕北古老而沧桑,贫瘠却气度不凡。

古时的陕北,气候湿润,林草丰美,生物呈现多样性,为亚热带季风气候。西周时,黄土高原有原始森林4.8亿亩,森林覆盖率达到53%。

"坎坎伐檀兮,置之河之干兮,河水清且涟猗。"这是《诗经·魏风·伐檀》中的诗句,描写的是当时黄河东岸山西芮城农民伐木的情景。换个角度来看,这说明先秦时期,黄河两岸仍有大面积的森林。

气候的逆转始于植被的减少。

至东周,由于不间断的诸侯战争,构筑长城、直道等军事设施,延安地区植被锐减。从秦代开始,历代政权坚持"徙民实边"政策,内地人口大量北迁,北方游牧民族南下,延安地区植被遭受毁灭性破坏,自然灾害频发,生态环境脆弱。

至明代,延安地区再也找不到成片的森林,黄沙弥漫,生态环境严重恶化,不产五谷,人民生活极端贫困。

到清代,延安地区森林覆盖率仅有4%,清朝翰林大学士王培棻的《七笔勾》中记载:"万里遨游,百日山河无尽头,山秃穷而陡,水恶虎狼吼,四月柳絮稠,山花无锦绣,狂风阵起哪辨昏与昼,因此上把万紫千红一笔勾。"

另一位清廷巡边官员感叹:"天下之穷莫过于延(安)。"

在长期的历史演进中，陕北一直处于民族战争的胶着状态，"孔子西行不到秦"和"边邑传闻圣不游"的传说，诠释了这里的原始与荒凉。极度的贫困和封闭，导致陕北人的生活处于一种蒙昧未开的状态。

1941年6月3日，陕甘宁边区政府在边区政府小礼堂举行各县县长联席会议。顷刻之间，乌云翻滚，电闪雷鸣。据《解放日报》1941年6月5日《前日雷电中，李代县长触电惨死，今日举行追悼大会》一文记录：

"电光闪闪，一声巨响，雷电从东面屋角穿入会议室内，所有到会人员受巨雷声震动，头脑皆晕，纷纷逃出室外。时会议室内突然传出'救命'呼声，林主席（陕甘宁边区政府主席林伯渠）当即派人入室，将触电的人员携出。延川县四科科长（代县长）李彩荣触电过重，经多方救治无效，遂以殒命！延安市高市长、志丹县赵县长、延长县白县长也受电击，经有效救护，已脱离险境……"

这次意外的自然事故，造成了1死7伤的惨痛伤害。

据说，一位农民的毛驴也被雷电击死，这个农民对当时政府的公粮征收过重不满，就借故发泄，逢人便说："老天爷不睁眼，咋不打死毛泽东？"

保卫部门得知后拘捕了咒骂革命领袖的陕北农民。当一纸报告呈送毛泽东请示处理意见时，毛泽东陷入沉思。

有果必有因，其因何在？

"没有调查就没有发言权"，边区人民群众的具体生活情况到底如何？毛泽东指示有关部门：不要为难老乡，事出必然有因，这事要详细调查一下。于是，由中共中央西北局宣传部部长李卓然带队，组成6人考察团，深入农村进行登门入户的调查。

历时两个月，细细地了解底层百姓的实际生活状况，写成了一份调查报告，真实反映了脱产人员剧增、财政收入锐减、农民负担逐年攀升、征粮负担过重等情况。

当调查报告放到毛泽东的案头后，他看到的是一串串触目惊心的数字，历年来陕甘宁边区脱产人数及农民负担为：1937年，脱产人员14000人，人均负担1升；1938年，脱产人员16000人，人均负担1.2升；1939年，脱产人员49686人，人均负担4升多；1340年，脱产人员61144人，人均负担7升多；1941年，脱产人员73117人，人均负担14.8升。

据调查报告，陕甘宁边区工作人员激增，农民负担迅速加重，甚至出现了志丹县哄抢粮食、安塞县农民逃荒迁徙的现象。

老百姓的骂声，犹如晴空中的一声霹雳。

从1939年以来，边区脱产的人数和农民负担数目几乎呈现几何级数递增，尤其是1941年，边区人均负担14.8升。这是一个什么概念呢？在劳动生产力极其低下的陕甘宁边区，这意味着农民的生计难以维持。

这一时期，日军调整了侵华政策，把共产党领导下的军队、根据地作为重点"清剿"对象，甚至还发动了惨绝人寰的"杀光、烧光、抢光"的"三光政策"。因此，各根据地的物资供给受到了前所未有的挑战。

与此同时，国民政府停发八路军的军饷，对边区实行经济封锁，妄图将以毛泽东为领导核心的中国共产党和边区百姓困死、饿死在西北的贫瘠之地。国民政府在边区的南面和北面构筑了五道封锁线，东起黄河边上的宜川，绵延数地，一直向西连接到甘肃，然后进入宁夏。依靠有利地形铸造碉堡，部署了重兵，在进出边区的大小路口设立哨卡，严密监控，切断边区同外界的一切联系，并且扬言"不让一粒米、一尺布进边区"。他们不准边区的农副产品向外输出，又以法令禁止国统区的物资，特别是棉花、布匹、粮食、药品、火柴、电讯器材等物资进入边区，违者以走私论罪，物资没收，货主法办，海外华侨及后方进步人士的捐款也因封锁而停止汇兑了。国民党的军事包围、经济封锁，对陕甘宁边区的经济发展带来严重的影响，以外援为主的边区财政，遭到前所未有的困难。

## 南泥湾大生产运动

如何减轻人民负担？如何渡过这个执政难关？

中国共产党是人民的救星，是人民的党，中国共产党人始终相信"得道多助失道寡助，得民心者得天下"，失去民心就会失去一切。进行生产自救，解除农民苦难，成为中国共产党迫在眉睫的大事，党中央发动军民大生产运动，垦田屯军。

据资料，延安的大生产运动大体经历了三个阶段：1938年至1940年休养民力，准备自给阶段；1941年至1942年是渡过难关，争取自给阶段；1943年起是发展生产，丰衣足食阶段。

1939年2月2日，中共中央在延安召开生产动员大会，毛泽东在会上发出"自己动手，自力更生，艰苦奋斗，克服困难"的号召，并以其特有的幽默诙谐语言作了生产动员。

他指出："饿死呢？解散呢？还是自己动手呢？饿死是没有一个人赞成的，解散也是没有一个人赞成的，还是自己动手吧！"

他还说："从古以来的人类究竟是怎样生活着的呢？还不是自己动手活下去的吗？为什么我们这些人类子孙连这点聪明都没有呢？"

1939年6月10日，毛泽东在延安高级干部会议上作报告时号召："一切可能地方，一切可能时机，一切可能种类，必须发展人民的与机关部队学校的农业、工业、合作社运动，用自己动手的方法解决吃饭、穿衣、住屋、用品问题之全部或一部，克服经济困难，以利抗日战争。"

在会上，毛泽东明确提出了"自力更生，克服困难"的方针。毛泽东还说："开展生产运动不仅是可能的，而且是必要的。第一个根据是人类几十万年来都是自己搞饭吃，全中国的农民都是用自己的手来解决吃饭问题，我们同样是人，为什么不能靠自己的双手解决衣食住行问题呢？况且，就部队来说，全体都是劳动者，年富力强，怎么还会有饿饭的事情呢？第二个根据是留守兵团的农副业生产取得了成绩，既然部分的生产运动有成绩，为什么普遍的就不能搞呢？"

在抗大干部晚会上，他又对抗大的干部说，"我们要自己解决物质上的供给，要自己种地"。"我们这里的荒地很多，只要降一点雨下来，就可以耕种，就可以生产。我们种田，生产粮食，是农人；做桌子，造房子，是工人；办合作社，是商人；读书，研究学问，是学生；懂军事，会打仗，是军人。这就叫作农工商学兵一起联合起来。"

1939年秋，第120师第359旅从华北调回陕甘宁边区，驻防于绥德，担负保卫党中央和边区的任务。当时，边区的粮食本来就很紧张，作战部队的到来，使吃饭的问题变得更加严峻。1940年5月，朱德总司令奉命从晋东南抗日前线回延安，也看到"财政经济建设虽有某些成绩，实在入不敷出，以致几月来未发一文零用，各机关、学校、军队几乎断炊"。在军委机关，朱德看到许多干部都因长期营养不良而面色苍白。于是，朱德提出在不妨碍部队作战和训练的前提下，实行屯田军垦的政策，"以减轻人民的负担，密切军民关系，同时帮助边区的建设，也改善部队本身的生活"。

最大的一次困难出现在1940年至1941年，国民党的两次反共摩擦，都在这一时期。彼时，毛泽东也坦言："我们曾经弄到几乎没有衣穿，没有油吃，没有纸，没有菜，战士没有鞋袜，工作人员在冬天没有被盖。国民党用停发经费和经济封锁来对待我们，企图把我们困死，我们的困难真是大极了。"

在直面困难的同时，他还坚定地说："我们是确信我们能够解决经济困难的，我们对于在这方面的一切问题的回答就是'自己动手'四个字。"

至此，一场声势浩大的、以生产自救为目的的大生产运动轰轰烈烈地开展起来。陕甘宁边区政府率先垂范，拿出了一个年开荒60万亩的计划，当计划报到毛泽东处时，毛泽东将60万亩改成了100万亩。

大生产运动中，边区留守部队的指战员们坚决响应党中央"屯田"号召，提出"背枪上战场，荷锄到田庄"的战斗口号，分别到南泥湾、槐树庄、张村驿、大凤川、小凤川、豹子湾等地屯田，一面开荒生产，一面保卫边区。尤其是八路军359旅，在南泥湾的生产自给搞得最好，为边区大生产运动树立了一面旗帜。

大生产运动一开始，毛泽东就号召机关、学校"一面工作，一面学习，一面生产"，鲁迅艺术学院1939年开荒400多亩，1940年开荒600多亩，实现蔬菜完全自给。延安大学1943年开荒700亩，收获大量蔬菜粮食，工商行业也有不菲的利润，补充了学校的其他费用开支。1944年，抗大总、分校共开荒近两万亩，收获粮食足供全校师生半年口粮；各个单位还开办豆腐坊、缝衣厂、酒精厂、印刷厂、货栈，挖小煤井，等。

1943年，大生产运动的开展，加之自然灾害的好转，边区获得极大丰收，粮食产量不仅可以达到自给自足，还有余额可供出口。同时，边区各种手工业制品也有了增长，基本达到了"自给自足"。

在生产劳动中，青年学生和知识分子磨炼了意志，一改原来的单纯追求理想、情感脆弱、身体虚弱，变成了信仰坚定、意志坚强、身体健壮、不畏任何困难的无产阶级英勇战士。

延安"二流子"，是在大生产运动中产生的独特现象。

游民古已有之，历史上的游民，基本都脱离了主流社会秩序。他们增加了社会的不安定因素。历朝历代的统治者都十分重视对游民的整治，但其治理从根本上说，只是对游民采取必要的手段加以管理，并没有动摇游民产生的根源。

"二流子"这个词，最早出现在1939年延安的报刊中，后来"二流子"逐渐叫遍延安，特指脱离生存、游手好闲、好吃不做的懒汉。

中国共产党人在探索社会善治之道的同时，开启"二流子"的改造运动，从某种意义上说，也开创了一条游民治理的崭新路径。

边区改造"二流子"工作，最早在延安和华池两县进行。1939年，边区提倡发展生产以后，开始了对乡村"二流子"现象的关注。1940年春天，延安县的干部胡胜林和王庆海发现，要把生产搞好，首先要拿出有效办法，解决"二流答瓜"（"二流子"）的问题。因为这些人危害极大，不仅抽洋烟（鸦片）、偷驴盗马、赌博、勾结歹人，自己不从事生产、不缴税，而且说怪话影响别人的生产积极性。更严重的是，由于劳动力缺乏，如果不充分动员更多的劳动力，雇工的工资势必上涨，有些人就会觉得打短工比种地强。如此一来，农村的土地就没有人耕种了。同时，由于农民工资高，手工业工人工资不得不提高，农村的经济平衡就将被打破。由此可见，"二流子"的危害，已经不是个人问题，甚至影响到整个社会的安定。

改造"二流子"的方法除过强制劳动外，绥德戒烟所采用"集中管制、强迫劳动"的方法对其进行有组织的收容改造。这些被称为"社会寄生虫"的"二流子"，早上6点起床，由所长领着到操场跑步，上午集中在院子里捻毛线；午饭休息后，下午上课。他们曾经枯黄肮脏的脸，现在泛出了红色；头发和胡须，都剃得干干净净。他们操着不熟练的姿势，被迫过着有秩序的生活，但是有饭吃了。

## 新的"三座大山"

一边是"自己动手，丰衣足食"的大生产运动；一边是日军飞机多次狂轰滥炸及国民党的军事围剿、经济封锁；加之长期广种薄收和牛羊散牧的生产方式，延安彼时的生态环境遭到严重破坏。

中华人民共和国成立之初，位于黄土高原腹部的延安森林覆盖率不足10%，下降到历史最低点，成为中国水土流失最为严重的地区之一。20世纪90年代末全市近八成面积的水土流失，每年有2.58亿吨泥沙从延安冲入黄河，占到入黄泥沙总量的六分之一。当时的延安，"下一场大雨流一次泥，种一茬庄稼剥一层皮"，"山是和尚头、沟是干丘丘、三年两头旱、十种九难收"，冬春黄风肆虐、沙尘蔽日、数日不止，夏秋暴雨频仍、洪流泛滥。

人民群众一直坚持广种薄收、靠天吃饭、过牧滥牧的生产生活方式。沟道密布，山峁相连，植被稀疏，许多耕地都位于水土流失严重的山坡上，产量极低。为了吃饱饭，农户需要一年到头在几十亩耕地中辛苦劳作。面朝黄土背朝天，却常常连播下的种子都收不回来——这是那时焦渴的黄土给延安人辛劳耕作的"回报"。

生态环境恶劣、产业不兴和深度贫困，成为压在延安人民头上新的"三座大山"。没有人把村民组织起来改变土地的贫瘠，一代代重复着祖祖辈辈单家独户的耕作，谈不上生产关系的革新，年复一年贫穷加贫穷。上了年纪的延安人，都对那段记忆刻骨铭心！

1949年10月26日，在延安生活、战斗了十三年的毛泽东主席在给延安和陕甘宁边区人民的复电中说："延安和陕甘宁边区的人民对于全国人民是有伟大贡献的。我庆祝延安和陕甘宁边区的人民继续团结一致，迅速恢复战争的创伤，发展经济建设和文化建设。"

在毛主席复电精神的鼓舞下，延安人民继承和发扬革命传统，战天斗地，重整山河，发展经济，解决温饱。但是，由于生态环境恶劣，农业基础脆弱，农民家底薄、底子差，"一碗水，半碗泥""春种一面坡，秋收半袋粮"，延安走进了"边治理、边破坏"的历史怪圈，长期"吃粮靠返销，花钱靠救济"，人民生活十分困难，贫困始终难以撼动。

直到20世纪80年代中期，延安仍有绝对贫困人口67.17万人。20世纪90年代初，全市13个县中有8个国定贫困县、5个省定贫困县，还有46万人不得温饱。一直到2014年年底，全市还有延川、延长、宜川3个国定贫困县，693个贫困村，20.52万贫困人口……

## 绿水青山

2015年2月，习近平总书记在陕西视察工作时指示，加快改变生态环境，要围绕"山青、水净、坡绿"的目标，推进生态环境建设。党中央有号召，延安有行动。延安牢固树立"绿水青山就是金山银山"的新发展理念，把以退耕还林为主的生态文明建设作为经济社会可持续发展的长期战略任务。

山坡要"被子"，农民要"票子"，能否兼得？

退耕后，延安取得了显著的生态效益——荒山绿了，河水清了，林草涵养了生态，生态催生了产业，产业致富了村民，实现了"一业兴、百业旺"。"绿水青山"改变了农民"面朝黄土背朝天，广种薄收难温饱"的生活状况。广大农民从繁重的体力劳动中解脱出来，转向二、三产业，产生了一大批有技术、市场意识强的新型农民，在各县电子商务公共服务中心，订单的"叮咚"声此起彼伏。黄河沿岸贫困了千百年的地方，如今有了40多家电商企业。525户脱贫户嵌入电商平台，在家点点手机，优质的山货便能"飘"出大山。

2019年，延安生产总值达1663.89亿元，比上年增长6.7%，分别高于全国、全省0.6个、0.7个百分点，这是一组令人振奋的数据。

还有一个难能可贵的变化，第三产业和非公经济占比分别达31.7%和29.3%，延安"油主沉浮"的格局正在改变。

大量数据可以看出，延安不仅在绿化，也在美化，群众的绿色理念正在升级，时尚、现代、文明、绿色环保的生活理念已经开始根植于延安人民的心底。

荒山披上了绿色"被子"，农民挣到了"票子"。延安市将退耕还林作为扶贫工作的重要抓手，认真落实"退耕还林、封山绿化、个体承包、以粮代赈"方针，充分释放生态建设红利，拓宽贫困群众收入渠道，通过全面实施财政造林补贴、森林抚育补贴、发展干杂果经济林等20项生态扶贫措施，建档立卡贫困户3.25万户，8.69万人享受生态效益补偿，农民收入显著增加，脱贫致富路子越走越宽。农民人均可支配收入由1999年的1381元增加到2020年的12845元，高出全省平均水平，较治理前提高了9倍。

结合各县的自然地理情况，配合国家退耕还林政策，延安各地都找到了自己的致富经：红枣、核桃、花椒成为延川、黄龙、宜川、延长等县农民脱贫致富的重要产业，三大干果经济林面积达到83.44万亩。黄龙县核桃种植面积已经达到28万亩，产值3亿多元，仅此一项农民人均收入达6500元。截至2018年年底，延安设施高效农业达到45万亩，养殖猪、牛和羊225.69万头，家禽466.94万只，养蜂14.6万箱，农民人均可支配收入大幅提高。

延安苹果产业发展迅速，面积、产量约占全国九分之一、全省三分之一，成为延安最大的农业主导产业，也成了延安老百姓脱贫致富的一项主要产业。目前林果面积已达676万亩，年产值百亿。苹果收入占到农民收入的60%以上。现在正在推进以苹果为主的特色农业产业，让农民能够在全产业链上实现增收。

在延安志丹县双河乡李家湾村，全村50多户农民家家有果树。这里位于陕北黄土高原腹地，与延安市北部的另外7个县区一样，干旱少雨、冰雹灾害频发，曾经被认为是不适宜苹果生长的地带。但短短几年间，退耕还林让当地的降雨量逐渐丰沛，加之病虫防治、土肥水管理等技术的改进，这里已经被农业专家认定为苹果优生地带。

如果说延安退耕还林促进经济的成功证明了生态也是生产力，延安旅游经济的发展更是"绿水青山就是金山银山"的有力佐证，充分印证了绿水青山既是自然财富、生态财富，又是社会财富、经济财富，是脱贫致富的路径。

退耕还林后的延安先后获得"国家森林城市"、"国家园林城市"、2019年"中国十佳绿色城市"荣誉称号，累计建成生态村944个、美丽宜居示范村466个，16个村被命名为全国绿色村庄，30个村被命名为省级美丽宜居示范村，一个个贫瘠山村变成了美丽乡村。农村的沉睡资源变为群众增收致富的活资产，生态旅游蓬勃兴起，红色旅游产业链进一步延伸，先后建成省级以上森林公园8个、自然保护区7个，打造出10个绿色养生基地，12条生态旅游线路。

如今的延安，是林的海洋、鸟的栖息地、人类的宜居地、盛夏避暑的休闲地，是画家、摄影家的写生和拍摄基地。一个个青山环抱下的农家乐开门迎客，一座座森林公园、湿地公园与生态旅游景点渐成规模。在南泥湾，春花、秋叶、稻田、鱼塘形成四季不断的美丽风景，每逢节假日，参观游览者络绎不绝，带火了生态旅游。城市里干净整洁、车水马龙，高楼大厦鳞次栉比；山野间满目青翠、郁郁葱葱，一片片树林婆娑起舞；青砖灰瓦、窑洞成排的农家小院，漂亮、干净、整洁、现代，让久居城市的人们羡慕不已。

漫步延安山水，草木勃发，山水林田湖草每一处都是美景！村民不再"远游"打工，产业富民让他们有了好的收成，留在家乡，看得见山、望得见水……延安实践，证明生态环境与经济发展的矛盾并非不可调和，大地的绿"被子"与百姓的银"票子"，二者共赢，绝非"单选题"。

贫困渐行渐远，幸福越来越近。

## 南泥湾巨变

和浙江省安吉县余村一模一样，南泥湾的发展走过两条截然相反的路子。

二十世纪七八十年代，群山环抱、秀竹连绵的浙江省安吉县余村为解决温饱问题，开矿、建水泥厂，成为全县有名的"首富村"。但很快，村民们就尝到了苦头：水泥厂污染空气，村里到处是灰；山林被破坏，水土流失严重；炸山开矿导致伤亡事故不断……2003年，余村陆续关停矿山和水泥厂，村民收入大幅度下降，一度陷入迷茫。

2005年8月15日，时任浙江省省委书记的习近平到安吉县余村考察，称赞余村关停矿山、水泥厂是"高明之举"，提出"绿水青山就是金山银山"的科学论断。自此，余村封山护林，重新制订发展规划，把全村划为休闲旅游区、美丽宜居区、生态农业区，引进无污染、高效益企业，增强发展后劲，建成了国家级美丽宜居示范村，实现了生态保护和经济发展的双赢,生动地体现了"绿水青山就是金山银山"的理念。

八十多年前,通过"兄妹开荒",通过一场红红火火的"大生产运动",中国共产党战胜重重困难,在南泥湾实现自力更生,用镢头"向荒山野岭要粮",实现丰衣足食。

八十多年后,新时代的南泥湾人通过"兄妹种树",用科技"给荒山野岭植绿",持续生态文明建设,通过一场如火如荼的"绿色革命",终于变荒山秃岭为绿水青山,变绿水青山为金山银山。

有两组数据印证着这里的生态现状:南泥湾的林草覆盖率超过87%;南泥湾建成陕北地区首个国家级湿地公园,湿地率达到38.94%。

近年,南泥湾加强林业资源保护开发利用,恢复稻田1500亩、植被509亩,修复湿地330亩,建设荷塘125亩,水源涵养能力全面提升,水生动植物繁育栖息、蓬勃生长。南泥湾不仅建成了千亩景观示范农田,还引进中天羊业、中欧粮业、金伯利农庄等128家企业注册落地,签订合同额120.3亿元,建成了田园综合体、经济作物示范园区。

之后,在发展现代农业之路上,南泥湾按下"快进键":与北大荒农垦集团等企业联合打造高品质稻米产业;与延安农投集团合作,建设现代农业物流园区和临镇冷链仓储加工厂等基础设施项目;与上海交通大学共同组建南泥湾高质量发展研究院,发起设立总规模5亿元的农业科技成果转化基金,助推农业产业高质量发展……

2020年,南泥湾开发区建成群众安置房46栋789套,改造农家院落345户、改厕267户,环卫、绿化一体化全覆盖,人居环境综合整治成效显著。

"如今的南泥湾真是大变样,环境好了,马路宽了,老百姓的日子越过越红火。"南泥湾农场退休职工曹斌家里有8口人,过去住在农场安排的老楼里,只有50多平方米,年代久了不安全。现在他家搬进了安置房,年轻人也在家门口实现了就业。

"南泥湾开发区成立以前，大家基本是种点玉米，没啥收入，要不就是到外头打工。现在真没想到，自家不住的窑洞也能挣钱。"南泥湾镇高坊村村民魏永治说。他家的房子毗邻南泥湾开发区红色文化小镇旅游核心区，租赁出去办农家乐，每间每月能收入600元。

2020年，南泥湾镇实施乡村振兴基础设施配套工程，水、电、气、网管线入户，铺设排污管道，硬化路面，改造水渠，安装路灯……村民们感受着居住环境实实在在的变化。

今年70岁的邢丹东，在南泥湾农场干了32年，当过五队书记兼队长。

"南泥湾真正变化，就是近两三年内的事。"邢丹东说，自己2020年在延安市区内住了几个月，回到南泥湾居然迷了路。

南泥湾的稻田（摄影：刘潇）

传奇南泥湾，见证了延安从开荒种地到植树造林，取得"绿色革命"的重大胜利的过程！

南泥湾的巨变，更是延安用心呵护生态，践行"绿水青山就是金山银山"的"两山"论断的生动实践！

南泥湾镇南泥湾村的侯秀珍老人家里藏着的两把老镢头，见证了南泥湾两条截然不同的发展道路。当年的开荒，是为了破解陕甘宁边区面临的日本侵略者和国民党顽固派的军事挑衅和经济封锁；今天的植绿，是为了在青山永驻、绿水长存中实现可持续的高质量发展。在同一空间、不同时间里，开荒与植绿看似矛盾却辩证统一。

通过这两把老镢头，我们看到，人们开始重新审视人与自然的关系，由过去的征服自然、改造自然转变为顺应自然、尊重自然和保护自然。并且，通过这些"退"和"还"的方式，将人类欠下的生态账补偿给自然，将"舍得"这一古老的中国智慧巧妙运用于调整人与自然的关系中……

**滴水藏海**

## 两把老䦆头

南泥湾，在延安城东南45公里，是延安的南大门。南泥湾当年的大生产是一部悲壮的史诗，南泥湾现今的大建设却是一曲欢快的赞歌。

家住南泥湾镇南泥湾村的侯秀珍老人，今年74岁了，她家里藏着两把老䦆头：一把是公公刘宝斋当年在南泥湾大生产运动中用来战天斗地的；一把是自己二十年来退耕栽树，重建家园时用过的。两把老䦆头被赋予不同的内涵，见证了南泥湾两条截然不同的发展道路，从开荒种地到植树造林，时光荏苒，人间巨变。

抗日战争时期，荒草遍山、黄土满沟的南泥湾见证了一场大生产运动。1938年到1940年，陕北连续三年大旱，城镇中只剩下简陋的手工作坊和店铺，本就落后的经济更加困难，加上国民党经济封锁、军事围剿，中国共产党的军队给养成为大问题。面对陕甘宁边区严重的财政经济困难，中共中央在南泥湾开展了一场轰轰烈烈的大生产运动，"自己动手，丰衣足食"，打破了经济封锁，解了燃眉之急，成为一段传奇。

背枪上战场，荷锄到田庄，一面开荒生产，一面保卫边区——1941年3月至1942年，359旅在王震旅长、王恩茂政委的率领下，分4批开进南泥湾——1941年3月，359旅717团率先开进南泥湾。不久，其他各团及359旅旅部也进驻了垦区。随后，中共中央和中央军委各直属单位也来到南泥湾参加垦荒。一时间，在南泥湾掀起了开荒生产的热潮。

"南泥湾呀烂泥湾，荒山臭水黑泥潭。方圆百里山连山，只见梢林不见天。狼豹黄羊满山窜，一片荒凉少人烟。"刘宝斋和359旅的战友们刚到南泥湾时，面临的就是这样一幅景象。当时的南泥湾荒无人烟，狼多、兔子多。没有粮食，战士们吃野菜；没有房子，战士们在梢林里搭帐篷，在土崖上打窑洞；没有生产工具，就以炉火炼铁自制工具。经过359旅广大指战员的辛勤劳动，大生产运动取得了显著成绩，军队逐步实现了自给。1941年，359旅开荒1.12万亩，收获细粮1200石；1942年，359旅耕种面积达到2.68万亩，收获细粮3050石。

一把把镢头磨短了，南泥湾却彻底改变了模样。

短短几年间，战士们用鲜血和汗水，在荒山野岭中开辟出万顷良田，使昔日的"烂泥湾"变成了稻田翻绿浪、窑洞满山腰的陕北"好江南"，涌现出了无数动人的事迹，其中最出名的就是"气死牛"的事。有一次，战士们进行劳动比武，几十个开荒能手聚在一起，看谁开荒多。有个名叫郝树才的战士，一连三天都保持了每天开荒4亩地的纪录。有一位农民不信，牵着自己的牛来比赛，结果只耕了1亩多地，牛就口吐白沫累死了，而郝树才那天创造了开荒4.23亩的纪录。于是人们给他起了个"气死牛"的外号，他也被评为特等劳模。

这段开荒种地的历史，南泥湾大生产展览馆都详细记录着。著名秧歌剧《兄妹开荒》也是以南泥湾大生产运动为背景创作的。

"1949年，新中国成立，我公公刘宝斋给组织说他不回城了，要留下来保护战士们开垦出的这20万亩红色土地。一起留下来的还有十几位老红军。我公公留下来种地，此后再没有给组织提任何要求，到老都是农民，一直劳作到1984年去世……"侯秀珍说，"1955年的时候，南泥湾是个劳改农场，许多陕北当地人都走了，搬回老家了。1960年以后，因为这里地多，许多陕北人又搬回来住了，外省搬来的人也不少。现在南泥湾镇有一万多村民，好多都是外来户，来自八九个省。"

侯秀珍是15岁的时候与4个姊妹随父母从老家河南新密逃荒到陕北南泥湾的。

"你问咋知道的南泥湾？我有个姨在富县，她给我们捎话说，实在活不下去了就到南泥湾去，那里地多人少，只要有力气就能有饭吃。土崖上都是以前红军开荒住过的窑洞，想住哪个就住哪个……"侯秀珍说，"我们一家到了南泥湾后，找到了公社副书记兼大队长刘宝斋，分了地，落了户。"

侯秀珍的公公刘宝斋是359旅719团的一名副连长，南泥湾的不少粮田都是他和战友们一起开垦出来的。起初，侯秀珍认刘宝斋为干爹，1963年，她与刘宝斋的儿子结婚。

"我公公刘宝斋一眼就看中我当他的儿媳妇！他一辈子大公无私，但是在这事上有点'自私'。我当时不满18岁，参加村里的识字班，我公公悄悄给人家说，让以年龄大为理由拒绝我入学。他这样做就是害怕我认了字，走出南泥湾，给他当不成儿媳妇了……南泥湾当时水土不好，得大骨节病的人很多，但是我丈夫金龙却长得俊。他比我大12岁。"爱说爱笑的侯秀珍说，"这辈子进了这个家门，我没有后悔过，这是心里话。"

从南泥湾村妇女主任、村民小组长到村主任，再到村党支部书记，侯秀珍先后担任了十五年村干部。

改革开放后，随着当地人口的增长，为了口粮，许多农民上山开地。但是，山抗不了风，地保不住水，他们一年到头面朝黄土背朝天，却常常连播下的种子都收不回来。南泥湾生态系统到了崩溃的边缘，绿色成为南泥湾村民记忆中的乡愁。

当地人说："过去这里山上都是耕地，就像那首《南泥湾》唱的，'到处是庄稼，遍地是牛羊'。但庄稼种得多，产量低，牛羊满山，啃得草都长不上来。人穷得没办法。"

"那时候，去山上种地，连一棵能遮阳的树都找不到。地越种越多，山却越耕越荒，村里人的腰包也越来越瘪，南泥湾就陷入'越垦越穷，越穷越垦'的怪圈。"侯秀珍说，"一下雨，挡不住的山水冲下来，冲到川道里，田也种不成了。坐在窑洞里，听见雨声和泥石流的吼声，我操心村民的安危，我整夜整夜睡不着觉……"

笔者问侯秀珍："这种恶性循环和严重依赖自然的生产关系，是否就把农民牢牢地束缚在土地上了？"

她说："就是从开春到秋后，农民都在地里忙活。春天，种一茬玉米，不下雨，死了；再种一茬豆子，不下雨，还是死了；再种一茬糜子，要是还不活，到了六七月份就种一茬荞麦。那一年9月，天下霜，把荞麦花冻死了，当年荞麦就绝收了，到冬天，荞麦秆还长在地里。而且，每种一次作物，人都被折腾得够呛：翻一遍，耕一遍，种一遍，锄两遍，五遍下来，劳动强度很大，这还不算把成熟的庄稼从山上背下来颗粒归仓的过程……所以说，人永远不是老天爷的对手。"

到1999年，延安开始实施大规模退耕还林，"树上山，粮下川，羊进圈，该种粮食的地方种粮食，该种草的地方种草，该种树的地方种树"，退耕还林还草通过这些"退"和"还"，将人类欠下的生态账补偿给自然，顺应自然、尊重自然和保护自然。

侯秀珍二话没说，扛起镢头上山种树，建设美好家园。她誓要改变南泥湾山乡的面貌，把粮田变树林，直至变成森林。

当时，许多群众想不通：不让上山放羊，是要断了咱老百姓的活路吗？也有人存疑：退出吃饭的田地，在自家田里种树，粮食和补贴真能给到咱手上吗？但慢慢人们就发现，山地退耕种树，国家给补贴，人手还空出来了，能出去打工，一人能挣两份钱。有些人更因为种树富裕了。

但在当时，还是有群众拿着退耕还林补贴，晚上却偷偷把羊放到山上啃树。羊啃过的树苗，三年都长不起来。侯秀珍带着村干部们晚上去

收割机在收割耐盐碱水稻（摄影：刘潇）

抓人，把羊主人和羊带到一个大院子，给人做通工作，保证不这么干了，才让人领走自己的羊。

开始，侯秀珍一个人栽树，后来，全村人齐上手。封山禁牧，植树造林，她带着群众上山挖坑，方方一米，保证树的成活率。栽了多少树侯秀珍已经不记得了，但这里有多少个山头她却记得清清楚楚，仿佛脑子中有一张地图。1999年到2006年，南泥湾几十万田地退了出来，都栽上了树苗。从父辈开荒到后辈种树，过了近二十年，南泥湾又迎来了一次大建设。

"老一辈当年保家卫国，不开荒站不住脚；现在我把树补回来，给子孙留个好生态。"自家10多亩山地全部退耕，南泥湾变成了林地花海，侯秀珍很骄傲。

"我还记得我们当年种的第一波就是槐树。槐树不仅长得快,还能自己不断生出新苗。就这样我们一年接一年地不断种树,这里的林子也就越来越多,再不是我们当年那样光秃秃的山了。"侯秀珍回忆,"好多人问我,老侯你栽了多少棵树?我说那我记不住,要说爬了多少个山头,从前九龙泉到三台村山头,没有一个我没爬过的。"

侯秀珍看到,虽然公公曾经开垦的粮田没有了,但山上的洪水不下来了,山绿了,水清了。因为国家对退耕还林有补贴,农民不再广种薄收,劳力也腾出来了,村里人的日子越过越好。这几年,依靠国家退耕还林补贴,村里的孩子们上学了,不仅出了大学生,还出了研究生、博士生。乡亲们的思想观念、生活方式也发生了根本转变,从过去舍不得放弃山上的耕地,到现在哪里需要种树就去哪里栽。

"绿水青山就是金山银山",如今的南泥湾,不仅有着连绵起伏的青山和山脚万亩相缀的花海,还有着波平如镜的荷塘、鱼塘,以及川道里的一片片稻田,一些已经消失多年的野生动物又重现山林。侯秀珍自家10多亩山地全部退耕,她感慨地说:"过去是为了解决温饱而开荒,现在是为了更美好的生活而栽树,我们和父辈都坚守着共产党员的初心,不辱各自时期的使命。"

退耕还林使延安的林草植被覆盖率达到了87.8%。植被增加带来的雨水把延安的天冲洗得越来越蓝,植物根系抓牢水土,使黄河沉沙量日渐减少。山青了,水清了,人们现在向绿水青山要金山银山——南泥湾则精心打造"生态经济"。南泥湾人均新增收入中,15%都来自生态产业。来南泥湾参观游览的人络绎不绝,农民们也从中受了益,开发的农家乐、民宿、采摘体验等特色项目,让这里成为当地的"网红村"。

南泥湾用自身优势,建成了省级文化旅游名镇,发展林果、棚栽、杂粮、水产、香紫苏特色产业,建设现代农业示范园,目前正着手打造国家5A级景区。广大农民从繁重的体力劳动中解脱出来,转向二、三产业，年均纯收入比退耕前翻了近10倍。

在南泥湾村的一条山沟里，史映东老汉感慨地说："过去就解下个种地，把地掏了，树砍了，人却越来越穷，现在南泥湾人也解下怎么搞经济了。"史映东和几个村民合伙办了合作社，在树林下散养着一群猪，足有700多头。一年纯收入就有17万元，日子过得越来越红火。像他这样的养猪户，村里有5家，家家都富了起来。

南泥湾镇的张彦斌，现在承包着一片200亩的水坝，就是当年359旅的战士们打起来的农垦水坝。张彦斌说："二十多年前我想都不敢想，会成为这个水坝的主人。那时候这儿路都没有，如今路通了，生态也好了。我2014年就承包了这座水坝养鱼，现在一年就能产40万斤鱼，全是绿色食品，年盈利能达160万元。"

74岁的侯秀珍，平时出行都是自己开三轮车。她还在山梁山峁边边角角里开了七八亩荒地，种上了玉米、糜谷、荞麦。公公刘宝斋去世后，曾经听故事的侯秀珍，成了讲故事的人。退休前，侯秀珍在南泥湾当义务宣讲员；2001年，退休后的第二天，她就到南泥湾镇关工委报到，全身心地投入讲述大生产运动故事的事情中，成为"南泥湾精神"的传播者。"老父亲去世前一再叮嘱我，一定要讲好南泥湾故事，把'南泥湾精神'发扬下去，传家宝不能丢。"侯秀珍说，自己讲了三十多年的红色故事了，可还是没有讲够。每次女儿女婿劝她到城里养老，她都会说："我走了，谁来讲述这片土地上的故事呢？"

南泥湾镇的干部苏婷是侯秀珍的"干孙女"。研究生毕业的苏婷是一位爱说爱笑的好姑娘，在基层工作了九年。有媒体来采访，她就把侯秀珍搀前扶后。来采访的媒体多，她就把老人的上百个荣誉证书翻拍下来，存在手机上，直接提供给记者们。她还思谋着给老人建一个小型的从家史、村史到南泥湾史的博物馆。

严重的腰椎间盘突出，常让侯秀珍疼得连腰都直不起来。自家小院里，侯秀珍正在沙发椅上闭目养神。突然，苏婷来电道："侯奶，又来了几个大学生，想听您讲南泥湾的故事，看您方便不方便？"

"方便，方便。他们什么时候来？"老人边接电话，边抓着椅子扶手站起来，开始忙"接待事宜"。身上的病痛，被她忘到了一边。

"到处是庄稼，遍地是牛羊。孩子们，庄稼是怎么来的，那可是一镢头一镢头种出来的……"

在她的深情讲述中，人们的思绪被带回到那段火热的岁月，感受到了当年波澜壮阔的南泥湾大生产运动，以及革命战士战天斗地的豪情和气魄……

中国延安干部学院请侯秀珍给来自全国的党政干部讲了几百次课，每次，她的开场白都是："我不是来讲课的，我是来和大家聊天的。为什么你们来延安学习，是因为这地方有大学问哩……"

"60年代，南泥湾也来过知青，60多个人就住在以前红军开荒住的窑洞里，我给他们缝补衣服，他们也听我公公和我丈夫讲南泥湾的故事，大家建立了深厚的友谊。后来，还有人每年都回来看望我们。我丈夫在世时，有一年，他们把我们两口子接到北京，嘘寒问暖，处处照顾，晚上还亲自给我老伴洗澡。"

几十年来，从担任南泥湾村妇女主任、村民小组长到村主任，再到村党支部书记，侯秀珍把村上的每一件事都当成自己家里的事来办，无时无刻不在用实际行动践行着自己的初心。从修路到建学校，从带领大家致富到调解矛盾纠纷，侯秀珍赢得了群众的信任和赞许。

过去由于基础条件落后，村里的孩子们上小学，都要蹚过一条小河，步行到5里外的阳湾村。为了解决孩子们的上学问题，侯秀珍动员全体村民，有技术的出技术、有力气的出力气，"自力更生"建一所自己的学校。大家被侯秀珍的精神感动了，二话不说就积极上手，砖匠烧砖、石匠箍窑、木匠打课桌……学校建成只用了一个多月。1979年的南

第四章　生态可逆 | 155

泥湾村，终于有了自己的学校。

"在南泥湾几十年，提起'花姑娘'侯秀珍，上到老人下到孩童，没有人不知道。那时，我在村口的树桩子上一站，一喊开会，人就都聚过来了。"

"我虽然只有一个女儿，没有儿子，但是我丈夫去年去世时，村里27个小伙子披麻戴孝跪下磕头，村里人都给我说，你这辈子对共产党好，共产党也没有亏待你！"

侯秀珍家里4孔窑洞，其中2孔是当年359旅的战士们挖掘的。依着窑洞墙壁放着两把老镢头，公公垦荒，儿媳种树，原来一尺宽的老镢头，被磨得只剩下三寸，上面沾满了泥土。

两把镢头，两代人，中间是几十年的光阴和不一样的人间。

老镢头已成为侯秀珍家的"传家宝"。拿着老镢头，侯秀珍风趣地说："这把老镢头不知跟着我上了多少回电视。"如今，前来找侯秀珍

两把老镢头

听故事的人越来越多,她总是不厌其烦地一遍一遍讲着熟稔于心的南泥湾的"两把老钁头"的故事。家里刚盖好的几间新房,侯秀珍准备用来建家庭展览室。"要把公公的东西展览出来。哪天我讲不动了,来这里的人还能看看南泥湾的故事。"

2020年,侯秀珍家庭入选第二届全国文明家庭、第十二届全国五好家庭。才建成的家风馆里,陈列了近百幅南泥湾大生产期间珍贵的老照片。每天在这里讲解南泥湾精神,就是侯秀珍现在最重要的工作。高原的天是蓝格莹莹的天;冬天的高原,静谧、肃穆,一片金黄。寒冷让窑洞更显温暖,站在窑洞前的人们,心里都滚动着暖流,头顶脚底全散发着热气和新生活的喜悦……南泥湾故事和南泥湾精神,在这个家庭已经接力传承了三代。

其实,你仔细寻寻,就会从南泥湾村民的窑洞里找到好多这样的老钁头。每一把老钁头,都述说着南泥湾的奋斗故事和中国的"绿色革命"!

\* \* \* \* \* \* \* \* \* \* \* \* \* \*

延安的退耕还林,改变的不只是山水,还引发了经济社会发展的深刻变革,农民的思想观念、生产方式、生活方式发生了根本性的转变,千百年来面朝黄土背朝天的农民从繁重的体力劳动中解脱出来,直起了腰身,生产力得到极大的解放,"植树造林就一定能过上好光景"已成为老百姓的普遍共识。

李树和,吴起县铁边城镇王洼子北部边缘地带李台子村人,从人人艳羡的"油老板"回到家乡成为一名辛苦的"职业种树人"。他把自己的绿色梦和对故土的热爱,写在了两万两千亩青山之中……

他说以前他砍树,现在他要栽树。他说把这一片青山作为留给子孙后代永久的财富!他希望越来越多的村里人也能像鸟一样"归巢"!

延安人民从退耕还林还草中品尝到了"满山尽是聚宝盆"的生态红利，昔日的贫困与荒凉渐行渐远，越来越多的人认识到了"绿水青山就是金山银山"的真谛！

## 树和和树

"站在这里，你向四周尽力看，凡是你眼睛能看到的地方，那些树都是我这几年栽下的……"64岁的李树和站在海拔1800米的山梁上，举着望远镜自豪地说。

"以前全是土丘，树罕见，为了烧柴是寻树砍树，现在是种树，'树和'和树'和解'了，土和树相依相存才能和谐。"李树和笑着说。以前土地破碎瘦薄，少见树木，父母就给起了与树有关的名字。后来，他又给大儿子起名叫李林枝、二儿子叫李俨枝，都与树有关。

李树和是吴起县铁边城镇李台子村土著，体格高大，面容方正。在外打拼多年，已经靠跑运输、打油气井富起来了。2014年，当得知国家有个人可以承包荒山发展林业的政策后，他不顾家人反对，从村民手中流转了2.5万亩"四荒地"、沟洼地，成立了家庭林场，并与村民签订协议：十二年后，林场无偿归还村民。

### "油老板"返乡成"专职"种树人

李树和多年来从事石油生意，靠着打油气井、运输石油逐渐致富，石油景气的时候，一年挣数百万不成问题。提起李树和这个名字几乎路人皆知，家乡人民对他是满满的尊敬和仰慕。作为一名农民企业家，免费为村上置办了办公基础设施，安装了电教设备，支助了贫困家庭。

"职业种树人"李树和

"种地放羊、满目苍凉也是我童年的主要记忆。山上不要说有树，蒿草都被群众砍光当柴烧了，黄风一起，你都分不清东南西北。20世纪90年代末，我与众乡亲们一样，逃离了这个'鬼地方'，外出经商务工二十多年。我每一次回老家，看到还是那幅光秃秃的模样，心里就十分难受，就像有一根针扎在我心上一样……"2015年年初，在县城里生意做得红红火火的李树和返乡参加亲戚葬礼时，看着很多山头还是秃的、黄的，他就萌发了绿化家乡荒山的想法。也是这一年，政府开始鼓励热心公益事业的农村致富带头人创办"家庭林场"。

"办家庭林场，挣不挣钱不重要，重要的是能让村里的荒山变绿，带着村里的群众把日子过好。"为了让广大群众早日实现精准脱贫，李树和决定回乡种树。

当乡亲们知道李树和准备回乡种树时，质疑声不断，有的说"这个地方干旱少雨，栽不活树"，有的说"好好当你的油老板，来钱多快，

第四章 生态可逆 | 159

不要瞎折腾了"。家人也持反对意见："都这么大年纪了，好不容易有一些积蓄，再说这里常年干旱少雨，种树能活得了吗？"

在政策的支持下，李树和拿定了主意，他一头扎进村里，修路拉电，挖坑种树，修建雨水蓄水池和地下灌溉设备，一次性流转全村退耕地、"四荒地"和沟洼地2.5万亩，承包期十二年，并注册成立树和家庭林场有限责任公司。

从此，李树和成了一名"专职"种树人，踏上漫长的"绿山"之路。

## "陕北的藏区"变成"陕北的花果山"

李台子村地处延安最西北边，北边紧挨着毛乌素沙漠，山大沟深，高冷干旱，条件恶劣，树木稀疏，被称为"陕北的藏区"。村民为了生计，大多数都外出打工，曾经400多人的村子只剩下几十个"老弱病残"。

"我们这地方种树成活率不高，主要原因就是干旱，加上山上水路不通，栽树非常困难。"承包土地后，李树和每天带着几十个工人在山上植树造林，亲力亲为。

"刚开始，乡亲们不相信我们这里能栽活树，我不信，我要试！"李树和对此几乎执念。

村民李金枝说："几十年了，这坡上都光秃秃的，他一个人咋可能改变！"

村民李文科说："其实大家也都心疼他，这么大年龄背着树苗爬坡种植，看得人很不是滋味儿。"

现实残酷，2015年到2016年，吴起连续两年干旱少雨，造林难度异常艰难。李树和的上万亩油松全部枯死，损失高达200多万元。为此，他专门打通了山上的生产道路，修起了蓄水池，接通了高压电。同时多方奔走，聘请林业、农业、气象等专家学者实地考察，总结失败经验，采

李树和指导村民种树

取了各种抗旱造林技术、措施，重新进行了补植补造。考虑到当前和长远的发展，在条件好的地块栽植了苹果、山桃、山杏等经济林，在一些陡坡烂洼营造了刺槐、油松等生态林。经过几年来的连续补植补造，目前林场规模近3万亩，苹果园200亩，苗圃地100亩，造林的成活率已达到80%。树木长势喜人，山桃、山杏已经开始挂果，村民已经尝到了甜头。村子及周边的群众在林场务工，在家门口就实现了就业，有了致富增收的门路。尤其春秋两季，务工人员需求更大。几年来，买树苗、平坡地、建设施、发劳务，李树和累计投资600多万元。

有一年秋天阴雨连绵、墒情很好，李树和自掏腰包买树苗，给乡亲们免费发树苗，鼓励他们在自己房前屋后搞绿化。短短的三年时间，累计造林1000多亩，投入资金30多万元。现在村子里山桃、山杏、油松、侧柏遍地都是。远看村子，似置于一片浓浓的绿荫中。

现在，全村的林草覆盖率达到了73%，家乡实现了由黄到绿的历史性转变。

吴起县像这样的家庭林场，全县共有4家，完成造林10.3万亩。李树和说："前半辈子，黄土黄，人心凉。后半辈子，绿树绿，人得意。"

## 希望更多在外打工的村里人能"归巢"

为了带领广大群众实现共同致富，李树和探索"支部+公司+贫困户"等产业发展模式，引导本村村民带劳动力与公司建立合作关系，组建劳务工作队和生态护林公益岗，优先雇用村内村民和周边有劳动能力的贫困户就近劳务打工，将农户转变为林场工人。每年家庭林场春秋两季雇用工人200余人。村民以地入股，成了林场的股民，也成了林场的工人，不出家门就可打工挣钱，而且十二年后的林木又归自己所有，这样把村民们积极性一下子就调动起来了。村民不但就近能务工赚钱，而且可以利用早晚在家里发展养殖业和种植业。

李树和彻底改变了一家一户、单打独斗的年年造林不见林的现状，目前山桃、山杏经济林面积1.4万亩，苹果园面积300亩，药材面积500亩。

他终于实现自己的梦想，不仅自己成了一个名副其实的种树人，还是几万亩家庭林场的负责人，更是乡亲们的致富带头人。

在李树和的苹果园地，一大片生长在向阳梯田里的苹果树长势喜人，十几个工人正忙着在果园里干活。山杏、山桃树三四年就能挂果，盛果期有几十年。按目前市场价格，每亩山桃树年收入在3000元以上。

"李树和让我们把卖山桃的收入用来供孩子上学……"村民李文成是残疾人，不能外出打工，育有3个孩子，日子极其艰难。家庭林场成立

李树和喜获丰收

以后，李树和优先将李文成夫妻二人雇用到家庭林场劳务打工，一天工钱120元，一年春秋两季打工80余天，就近在家门口劳务打工每年就可增加收入9600余元。

李树和说："绿水青山就是金山银山，我不仅要带头把树种好、把家乡绿化好，还要带着儿子、孙子一起干，让这里的山更绿、人更富。"他打算把自己的林场建成"百果园"，把苹果、中药材、养殖与林场旅游结合起来，发展林上、林下立体经济。

登高远眺，李树和的2万多亩林场郁郁葱葱，满目青翠。

绿水青山就是金山银山。生态环境得到了明显改善，李树和的投入慢慢有了回报——五年多时间过去了，山桃、山杏、苹果等经济林和油松、侧柏等生态林社会效益、生态效益、经济效益初见成效。300亩苹果已开始陆续挂果，6000亩山桃缀满枝头，侧柏、油松等生态林木长势旺盛，山鸡、野兔时常出没林间。

按照李树和和村民签订的协议：十二年承包期到了后，家庭林场的所有林木及收入按林地权属关系，树随地走，无偿归村民所有。

李树和说："五年后，县上会根据树苗成活情况验收成果，我会得到一些财政补贴。但更重要的是，此后我要把这片户均380亩、人均76.5亩的林地交还给村民，户均经济林30余亩，每亩山杏、山桃亩产500斤左右，按照当地市场均价每斤3元，亩产1500元左右，一户收益4.5万元，长久的经济效益会让乡亲不再为贫困发愁……"

一年春天，李树和在老家修建了一院窑洞，他打算回村安顿下来，亲眼见证树再高些，山再绿些。"小时候，这里很少有鸟，现在环境好了，鸟都飞回来了。"

如今，李树和又投资百万在老家窑洞附近建了一个舍饲养羊场，联系县城里的羊肉馆提供羊肉，羊场积攒的羊粪成为林果地里的好肥料。

舍饲养羊场

随着羊只越来越多,此前雇佣的两个贫困户忙不过来了,需要更多的人来帮忙。

李树和希望,越来越多在外打工的村里人也能像鸟一样"归巢",因为,这片树林、这片黄土地需要更多的年轻人。

"吴起这个地方从自然规律上来说,应该是适宜林适宜牧的地方,不适宜产粮。当然你说几千年来为什么都产粮,因为当时交通等各种因素的限制,就不可能把外地的粮弄过来,你要吃粮就得硬着头皮种,实际上和大自然是一种抗衡,现在我们的理念就是顺应自然,自然规律下适应种什么作物咱们就种什么作物。"

CHAPTER 5

国 家 战 略

第五章

百亿产业

产业扶贫是覆盖面最广、带动人口最多、可持续性最强的扶贫举措。延安脱贫，功在苹果。

延安的苹果产业自洛川始，遍布延安。全国每9个苹果，全省每3个苹果，就有一个延安苹果。从1947年农民李新安引进苹果树苗，不到7亩树苗始，发展至2019年已达50多万亩，每年给洛川赚回来40个亿。

从零星种植到规模化种植，从规模化扩张到提质增效，从坐等客商上门到主动出击，从"混级混价销售"转变为"分级分价销售"。人们不会想到，经过七十多年的发展，原本不起眼的"小苹果"，如今花开遍地，成为延安市委市政府带领百姓脱贫致富的"金苹果"。

这个传统的老产业，在新时代，正激发起新的脱贫气象！

## 一个小苹果百亿大产业

从洛川县农民李新安,在河南省灵宝县(现灵宝市)买回了200多株苹果苗,到1952年他栽种成延安市洛川县第一个集中连片苹果园,时隔五年。

李新安的6.7亩苹果园,开启了延安苹果规模化发展的序幕。再到1959年,苹果栽培大获成功,他给毛主席写信,希望将延安建成全国最著名的苹果专区。

此后,经过十多年的栽植与发展,到20世纪70年代初期,洛川苹果在栽培规模、技术、品质上经过实践探索,逐渐积累,形成了比较成熟的经验和做法,开始在国内声名鹊起。

洛川县,因李新安而有了造福22万人民的"摇钱树",成为"苹果之都"。苹果种植、管护早已形成规范和体系,带皮吃、上户口、论个卖,是洛川县围绕提升苹果核心价值精心筹划的"三篇文章"。

目前,洛川为延安苹果产业第一大县,全县有农业人口16万人,苹果种植面积达人均3亩。在脱贫攻坚中,洛川全面实施"农业实体企业+贫困户""合作社+贫困户""生产(技术)大户+贫困户"等扶贫模式,将97%的贫困户嵌入苹果产业链条,依靠苹果实现贫困人口稳定脱贫。

洛川县农民收入的95%以上来自苹果。在2014年,依靠苹果,洛川县65%的农户年收入超过10万元,12%的农户年收入超过20万元,6%的农户年收入超过30万元……

改革开放后，延安开始逐渐推广苹果种植。延安位于北纬36.6度，地处黄土高原丘陵沟壑区，这里的日照时间、降雨量、海拔等条件符合苹果生长的7项指标要求，被联合国粮农组织认定为全球苹果最佳优生区。

1985年，延安建立百万亩苹果基地。

2001年，延安苹果第一次走出国门远销欧洲。

2016年10月，经过与多个苹果主产国的激烈竞争，第一届世界苹果大会在延安举办。

2018年，苹果产业已发展成为延安市农业的第一特色产业，苹果产量占全市水果产量的96.7%，是农民收入的主要来源。农民人均可支配收入由1998年的1356元提高到2018年的10786元。

2019年7月，西安投放了首台延安洛川苹果自助售卖柜，通过实现前端无人化、后端数据化的运营模式，开启了苹果论个卖的新方式。

2019年11月，印有"延安苹果"的登机牌在延安南泥湾机场启用，覆盖南泥湾机场的14条航线。登机牌背面印有"延安苹果来自世界最佳苹果优生区的甜美馈赠"的字样，左下方印有"延安苹果""数字宝塔"二维码，乘客扫描二维码就可了解"延安有我一棵（亩）苹果树"认领办法和苹果销售的全过程。

2020年末，20吨延安苹果搭乘冷链车，出现在意大利水果市场。截至目前，延安苹果已出口到俄罗斯、加拿大、阿联酋等30多个国家和地区。

2018年，延安有124万农民从事苹果产业，农民收入的60%来源于苹果；全市种植苹果面积已发展到380多万亩，年产量达300万吨以上，产值突破100亿。

小苹果，大产业。延安已成为国内最具影响力的现代化果业强市——从零星种植到规模化种植，从规模化扩张到提质增效，从坐等客商上门到主动出击,从"混级混价销售"转变为"分级分价销售",如今苹果产业已成为延安农业的第一主导产业,苹果树成为延安农民的摇钱树、幸福树。

## 苹果"后整理"

规模、产量达到了,如何才能在全国多地苹果竞争中脱颖而出?最终还要靠品质!

由于长期使用化肥、农药,土壤板结严重,加上管理技术老化、质量意识差、营销方法混乱,果农在田间地头销售和粗放的管理模式等,严重阻碍了延安的苹果产业发展。对此,在脱贫攻坚中,延安市果断实施苹果产业"后整理",通过观念整理、技术整理、质量整理、经营主体整理和市场整理,推进苹果产业升级转型。

什么是苹果"后整理"?

苹果"后整理",就是改变以往"种苹果、卖苹果"的单一模式,对苹果进行分拣、分级、冷藏、冷链、包装、加工、品牌统一打造、个性化包装、电商交易平台、扫码产地溯源等一系列整理过程。苹果"后整理",是苹果产业的一次革命,即精准对接消费需求,增加高端优质供给,提高延安苹果产业的综合效益和竞争力,让苹果穿上文化的"马甲",插上互联网的"翅膀"。近年来,全市参与苹果"后整理"的脱贫户人均增收超过千元。

为什么要"整理"苹果呢?

先说苹果"后整理"中的分批采摘环节。以前,苹果成熟后,大部分果农嫌麻烦、图省事,将果园里的苹果熟的、青的一起摘,好的、坏的一块卖,集中堆放,然后按客商标准整体销售,并且美其名曰"一脚踢"。从表面看，"一脚踢"的卖法似乎真的很省事：一次性采摘——快；不细分规格——省事。

再说苹果"后整理"中的分拣、分级环节。过去的老方法是以苹果的大小、重量规格划分苹果等级，就是说它的等级划分界限很粗糙；上选果线以后，苹果等级可以划分得很细致。比如说，同一棵树上的苹果糖分差异化也比较大，没有设备检测只有尝了以后才知道甜不甜，有多甜，但是不能一个一个尝了再卖给消费者。智能全自动分拣线依靠先进的光电分析，如照CT一般，快速对经过选果线上的每一颗苹果拍摄24张照片，对其外观、品相、含糖量快速进行检测分析、分级、分选，根据消费者不同喜好，有针对性地上市，把优质的苹果卖上优质的价钱，满足不同消费者的要求。尤其是对苹果霉心病有更加精准的辨别，这些都是传统手工作业无法实现的。

像这样"智能"选果线，延安已建成103条，果农从过去的"称斤卖"转为"论个卖"，通过分级、分质销售，延安80%的苹果销往国内外中高端市场。现在，北京、上海、广州、深圳等城市都已建立延安苹果直销店。

选果线上"淘汰"出来的果品，则通过和果汁生产企业、餐饮企业合作消化，一点也不浪费。现代化的果汁加工生产，对大小不一的苹果经过清洗、杀菌、压榨、超滤、吸附等10多道工序，最终变成琥珀色的透明液体，出口到欧盟国家。

同时，延安冷气调库储存能力达到147万吨，如果旺季行情不理想，农民可以把苹果冷藏起来"四季卖"，避免了价格大起大落。2018年，面对五十年不遇的花期冻害，延安全市苹果产量仅为289.2万吨，较2017年减少了34万吨，但是，产值却达到历史新高——128.7亿元。

遭受了冻害，为何产值比2017年还增加27亿元？答案就是得益于延安市通过积极推进分批采收、分级销售、冷藏冷运、品牌营销等"后整理"措施,实现了减产不减收。

笔者采访时得知,要让苹果卖个好价钱,必须三面出击。一要改变农民的思路,二要分级分拣,三要分批采收,且及时入库。三个方面相互配合才能保证苹果的质量、价位不下滑。2019年,延安通过苹果产业"后整理",带动苹果产值增加18亿元,果农人均增收2510元。

在延安,小苹果真正成为引领乡村振兴、带动农民增收致富的"金苹果"。以苹果为主的农产品"后整理",带动贫困群众全产业链多重增收。通过"三变"改革,延安市先后培育、认定农业龙头企业144家,市级农业专业示范合作社306个,民营企业、返乡青年和社会能人创办的家庭示范农场414个,将农业专业人才、专业技术、营销技术和社会资金引入脱贫攻坚和现代高效农业开发领域,充分尊重企业、合作社和农民三方意愿,实行优惠扶持政策,实事求是,因地制宜,采取"政府+主体+贫困户""省市现代农业园区+贫困户""互助合作组织+贫困户""龙头企业(示范合作社)+贫困户""农业技术+产业项目+贫困户"等多种模式,通过土地流转、股份制合作、入股经营、保底分红、订单帮扶、劳务增收等多种形式,将企业、合作社和农民利益捆绑在一起,形成了"土地托管""资产托管""劳力托管""产业托管"四种托管模式和四种收入渠道,建立了脱贫致富的长效机制,增强了贫困户"造血"功能,防止返贫。

## 苹果+电商

"大家吃的苹果就是从这棵树上摘的,这都是自家果园……"眼下,延安处处是果园美景,时尚青年在果园直播卖苹果,向世界讲述苹果的故事。

看着手机、坐在电脑前就能卖苹果，这是以前果农们想都不敢想的事，现在却成了延安"苹果圈"的风尚。

苹果电商的形成是个"系统工程"，包装、物流、支付、品牌等整个环节都趋向成熟，再加上国家正推进的电商扶贫、光伏扶贫等各种叠加的"风口"，都为苹果电商的诞生创造了有利条件。如今，电商扶贫取得了显著成效，为贫困群众脱贫致富提供了丰富的信息，开阔了眼界，拓宽了渠道。数据显示，2019年中国贫困县网络零售额达2392亿元。国家还将加大电商扶贫力度，推动贫困地区电商发展，带动贫困地区就业增收。

苹果这个延安的老产业，在新时代，在电商的推动下，也正逐渐焕发出新气象。据统计，延安目前有电商企业262家，开设各类网店、微店1.4万家，在全国20个省市72个城市建立了331个直销店。2018年线上销售苹果9.58万吨，带动线下销售279万吨，销售总额达到128.7亿，农民人均增收1590元……

因为电商的发展，催生了许多新的农村创业就业门路。电商是一个劳动密集型行业，如电商包装流水线上，仅最后一关的贴单打包就需要大量的劳动力，这为在家带孩子、无法外出打工的农村留守妇女创造了就业机会，使她们的月收入得到了大幅度提高，生活质量明显提升。一些外出务工的女孩子回乡做起了美工、客服，既体面，收入还不错，生活也稳定了下来。随着电商发展步伐的加快，逐渐形成了一个互联网经济生态圈，提供了丰富的电商要素，便捷的人才培训、低廉的仓储物流成本等，使得好多年轻人开始了相关领域的创业。如在抖音平台上，就有回乡的青年帮助销售家乡农产品，而且总量不小，收入也不少。一些有着数据分析、网络文案写作特长的青年，也都在这个行业中找到了自己的立足之地。同时，供应链体系，也孵化了一批创业型企业。

同时，延安市近年来通过树立群众身边的脱贫典型，激发贫困群众发扬延安精神、依靠自身力量脱贫的内生动力，让想干、敢干、能干、会干的贫困群众，走上富裕之路，实现他们对美好生活的向往。而像下文中张延刚这样的，通过种植苹果、做电商销售苹果而带领乡亲们脱贫的"领头雁"，不在少数。

## 滴水藏海

## "草木共生"

"我要带领乡亲们,在全球苹果最佳优生区长出全球最好的苹果!"张延刚是宜川县云岩镇辛户村党支部书记,延安苹果"领头雁"之一。

在村民们眼中,他是一个有头脑、会干事的人。张延刚20岁出头就被村民推选为村主任,上任第一天,他向大家承诺:三年内通水、通电、通路。

三十五年来,他带领群众拉电、修路、平地、引水,发展苹果产业,把一个穷村、乱村发展成为远近闻名的小康示范村。辛户村村民,从不愿种苹果到家家户户种苹果,从不懂管理到科学管理,再到与苹果为伍。如今,外出打工的群众纷纷归巢,村上也早已没有贫困户,村里46%的家庭从土窑洞搬进一排排楼房,住进一栋栋"小别墅",60%的村民在县城购买了单元房,家家拥有了小汽车……2019年全村4700亩果园的6000多万个苹果卖了4000多万元,人均收入由不足500元提高到3万元。

1989年,张延刚率先承包了辛户村50亩土地,连同自家责任田,一次性栽了60亩苹果树,并带领群众人工平地400亩,全部栽上了苹果树。

1996年,当精心呵护了7年的果树挂果丰收后,每亩苹果纯收入达2200元,比种粮收益高了10倍。张延刚为全村定了一个目标:每年至少新建果园300亩,让辛户村家家户户都有果园,让苹果真正成为群众的"摇钱树"。尝到甜头的辛户村村民栽植苹果树热情高涨,但部分经济困难、残疾、劳动力欠缺的农户却动不起来。张延刚便自掏腰包购买苗木,并动员村民帮助34户困难户建成果园960亩。

张延刚眼中的"摇钱树"

"不留一亩空地,全种苹果。"2000年,辛户村人均收入5000元。春季,张延刚带着群众建果园,冬季请来技术员指导群众修剪,夏秋两季,带着村里的壮劳力活跃在城乡的建筑工地,用务工的收入补贴苹果幼树期的"收入空白"。如今,过去的困难户人均果业收入已达5万元,成为村里的富裕户。30岁的村民王超之前在北京的烤鸭店打工七八年,都没攒下什么钱。如今,他已回村七八年,成了全村最会管理果园的果农。他说,去年全家老少五口人、14亩苹果,挣了30万元。和王超一样,许多常年在外打工的辛户村人返乡后,把种苹果当成了事业。

2018年10月17日,在北京举行的全国脱贫攻坚奖表彰大会暨脱贫攻坚先进事迹报告会上,张延刚捧回了"全国脱贫攻坚创新奖先进个人"的荣誉。一个月后,张延刚加入陕西省脱贫攻坚先进事迹报告团,向更多的人分享他的经验和喜悦。

每年5月下旬,是苹果树疏花疏果阶段,辛户村家家户户在果园忙上忙下，忙碌的身影不时穿梭在白色的花海中。"疏花后，每棵树只留三分之一的花，花朵间隔20厘米。"张延刚说。树的间隔、花的间隔都会影响苹果品质。

和许多地方的果园不同，张延刚自家的果园里，苹果树特别稀疏，1亩地才有14株果树。"这是间伐的结果。"张延刚介绍。"间伐"是一种新的科学的种植技术，可以简单理解为给果园和土地做"减法"。一般的苹果园里，随着树冠不断扩大，果园郁闭度增加，光照不足，影响苹果品质和产量。

张延刚家有八年树龄的果园，每亩栽植55株，亩均套袋1.6万只，产量2300公斤，产值5500元。1999年，在村民的质疑声中，他每隔一株砍掉一株果树，将每亩株数从55株降到了33株。2015年，张延刚又对果树进行了隔行间伐，每亩株数又由33株降到14株。虽然亩均株数减少了，但苹果产量不降反增，优果率由间伐前的60%提高到92%，产值更是翻了一番，果园预期寿命将由目前的二十五年左右提高到五十年以上，真正实现了一片果园养活一代人的目标。

除过备受争议的间伐技术，张延刚的果园里还是杂草丛生——各种草和果树在这片"小森林"里和谐相处，野草绿意盎然不杂乱，高度及膝；细看土壤，很久没施肥，却黝黑肥沃又松软，果树也欣欣向荣。

"草是农民自古最恨的东

红彤彤的苹果挂满枝头

西。我种了一辈子地,以前也是一点儿也见不得地里长草!"之前,张延刚也是按照一般的方法种植果树,施肥、除草,果园除了果树很少有别的生物。面对野蛮生长的杂草,他尝试了各种除草剂。打过除草剂,宛如一个理发师给土地理去乱发,让其一下子豁亮起来。豁亮起来的田地上,张延刚用一柄锃亮的铁锨,开始深刨地下那些看不见的草根,草根被一节节斩碎,晒成干柴。让他失望的是,果园状况却变得很糟,土地硬硬的、黄黄的,板结了,几乎没有蚯蚓。当年的苹果树也长得不旺盛,枝头的苹果也稀稀拉拉、无精打采。

他恍然大悟:草是农民最恨的东西,但是喷除草剂,会对土地造成巨大的伤害。不只是草死掉,地里所有生物都会死掉,如此一来,等于这块地也就死掉了。连草都活不了,树上还能长出什么好东西?

于是,他开始向有机耕作转型。种上一料黄豆,没等豆荚鼓胀起来,他就又一铁锨一铁锨地深翻田地,将全部豆秆深埋地里,说这是给荒了多年的地壮壮肥力。就这样,顶着巨大的压力,他将他的"草木共生"理念坚持了下去。几年之后,果园土壤里的腐殖质越来越多,土壤变得黝黑肥沃又松软。

张延刚的"草木共生"理念,与杂草化敌为友,保留果园里自然生长的草,不割,也不打药,只用碾压、刈割的方式对其进行控制。拉着石碌子在园里绕一圈,把草都压平,压几次以后,草就长不高了。伏倒的草慢慢腐烂,成为土壤最好的有机质来源。这时的果园闻起来的味道是香的,土也有香气。

他说:"留草的好处非常非常多,可以保湿、吸热控温,制造有机质。下大雨时,还可以保土、保肥。如果没有草,不管施什么肥到土里,百分之七八十可能都会流失掉,尤其是在这种山坡地。"

有些人问:"这么多草不会引来害虫吗?"

张延刚说:"我们换个思路治理会怎样?没有农药、除草剂,燕

张延刚推介延安苹果

子、麻雀、青蛙、蟾蜍、蛇、刺猬都回来了，它们也要吃东西啊，害虫就是它们的美味佳肴；也不用太担心虫会来吃树上的东西，虫有草可以吃，它也懒得上树。生态平衡建立起来后，益虫益鸟多了，虫想成灾都没有机会。以前到处是老鼠洞，老鼠靠草籽和草秆为生，过着安逸富足的日子。我们拔掉蒿草和灌木，毁掉老鼠洞，以为把老鼠都埋进地里了，后来却发现，地里到处都是老鼠洞，它们已经先人类开始了忙碌的秋收。这些没有草籽可食的老鼠，只能上树吃苹果。"

张延刚的说法得到西北农林科技大学专家的认可。专家说："所谓不除草论，换句话说就是杂草有用论。杂草并不是毫无意义的存在，草根深扎到土壤中，使土壤变得疏松，根系死亡后又增加了土壤腐殖质，促进了微生物的繁殖，肥沃了土壤，如此，杂草成为土壤保持肥力不可缺少的有机体。一切植物都有发生的原因和发展的过程，每一种植物都有它的作用，一切的植物都朝着促进地表土壤向肥沃的方向发展。不用农药，恢复生态平衡，什么虫来，相互就会有什么物种制衡，这就是生物链的强大威力。"

张延刚说:"就一层窗户纸,要不是专家讲,咱还捅不破!"

多年后的今天,这些苹果地被张延刚"调教"得服服帖帖,温顺乖巧。

"党员干部就是要给群众干出样子。果树间伐时,村民非常抵触,连我爱人都舍不得,但实践证明效果很好。目前,果树间伐这一技术措施在辛户村和云岩镇遍地开花。"张延刚说。带着群众干,不如做给群众看。

张延刚用实际行动和产业效益,让村民改变了传统认知——间伐和"草木共生",眼前这位用双手调教土地的人,分明让人们看到了希望的田野,闻到了希望的味道……

辛户村的苹果"飞"出去了,辛户村人笑了。除了通过公司将苹果卖到全国许多大城市,村上不少青年还当起网店老板。全村每天有5000箱好苹果通过互联网飞入千家万户……

\* \* \* \* \* \* \* \* \* \* \* \* \* \*

农村残疾人是残疾人的主要群体,也是最困难和最弱势的群体,许多残疾人生活在国家级贫困线以下。

延安市现有14.1万名残疾人,让他们生活得更幸福、更美好,和大家一起沐浴阳光、共享小康,是全社会的期盼和努力的方向。而网络是一个宽广的市场,它打破了时空限制,让一些产品的销售空间得到极大拓展——做电商是残疾人摆脱贫穷的捷径。

付凡平的事业始于苹果,成于苹果!

1990年,一场意外火灾让付凡平失去了3位亲人,也让她毁了容貌,失去了双手。

本已是孱弱之躯，又两次患癌，更有三次与死亡擦肩而过——她跌宕、多舛的命运，让所有人嘘唏不已！

2015年，付凡平家被评定为建档立卡贫困户。她参加了陕西延安宜川县政府开办的电商培训班，自此改变多劫命运：从网上第一单生意5斤小米、10斤青皮核桃开始，到现在每天发货3万单；从五年前对电脑一窍不通到如今拥有1万亩的示范园，辐射带动周边3万亩果园。销售额步步高攀——2015年50万元，2016年200万元，2017年350万元，2018年600万元，2019年突破4000万元！

她提出"公司+合作社+互联网+农户（残疾人和贫困户）"的扶贫带贫理念，成立残疾人协会，建立蒙恩优选扶贫助残平台，通过技能培训、安置就业等方式回馈帮扶，平台累计吸纳贫困群众400余人，累计培训1200余人次。

48岁的她先后荣获全国第十届农村青年致富带头人、全国残疾人十大新闻人物、第六届全国自强模范、2020年全国脱贫攻坚奖奋进奖等荣誉称号。

在部队服役的儿子对母亲付凡平的评价是：她其实就是一棵陕北土地里奋力生长的苹果树，树叶相拥在蓝天里，根，紧握在黄土地下，冲破生命里的所有阻碍，去奋力生长……这些群众身边的脱贫典型，影响广泛，对贫困群众触动很大，发挥了良好的示范带动效应。

## 凡平的苹果

付凡平与苹果的故事要以2015年为分水岭，分前后两部分来说。在这之前，她养羊养牛养鸡种树卖手机，都没有改变贫困的命运。

付凡平一直没有办理残疾证。她说："我就不认为自己比健全人差，别人做的我都能做，我还要比别人做得更好！"

"我有700个微信好友群都满了，都是多年来的老朋友、老客户，甚至还有外国客户。"付凡平说着还不时地低头回复着信息。

人心亮天就亮！踯躅徘徊时的她好似长空中一只断翅孤雁，翻转、飘零，翅折羽乱，哀哀鸣啭……涅槃后的她似乎暗藏能量，愈挫愈勇，从不向命运低头，永不服输！如重生的鹰，在云际振翅，发出高亢如鸿鹄一样的长鸣，任耳边风烈烈。

# 1

2015年8月，国家商务部在宜川县举办首期电子商务培训班，这让付凡平眼界大开，也改变了她的人生路。

当时班上只有40个名额，全县报名的有200多人，付凡平压根儿不在招生范围内。她就去给负责这事的工作人员求情，说来说去对方还是说她不符合培训的资格，纠缠了一整天也没有效果，最后她就给他们说自己不占用电脑，也不占座位，她就坐在教室的窗户外边听。

可能是付凡平的执着打动了工作人员，她最终被录取了。第二天，付凡平一进教室，所有人都用诧异的眼神看着她——因为40人里35个都是大学生，而她是唯一的"三无产品"：唯一没有文凭、唯一没动过电脑、唯一没有手的残疾人。准确地说，当时的她就是一个对电脑知识一窍不通的农村妇女。

学习时付凡平每天去得最早，离开得最晚。同学们头一回见有人用两只手夹着笔写字，刚开始是好奇地看，后来，是被那种精神感动。培训结束后，她成了班上最优秀的学员，得到了300元奖励。之后，付凡平立刻开起了自己的淘宝店，经营宜川土特产。

拍图、写文字介绍、上传图文，这些事情对一般人而言都很轻松，但是对她而言都是难事。付凡平的第一单生意，现在提起来也让她兴奋不已：晚上上传信息到网络，第二天早上她就接了一个青岛的单子——5斤小米和10斤青皮核桃。当时她兴奋得很，虽然除去运费这一单根本没有赚钱，但是让她瞬间看到了希望，觉得这个路子一定能走下去……

在销售方面，付凡平一直坚持走精品路线，对于质量要求严格，绝对不允许质量参差不齐的产品出现。每个要发出去的箱子，她都不放心，要亲自检查好几遍，这样一来，本来烧伤的胳膊就经常磨得稀烂。

随着网店的生意越来越好，付凡平注册了自己的公司——蒙恩农产品经销有限责任公司，以"公司+合作社+互联网+农户（残疾人和贫困户）"的模式，打造优质有机绿色农产品的全产业链。公司以残疾人和贫困户作为生产主体，通过果业合作社统一技术管理、统一打造品牌，种植优质有机无公害的绿色放心产品，解决农产品产与销的问题。

付凡平经常想，对贫困户们来说，最重要的是靠自己，别人推你一把，你就得自己往前走，这样才能激发脱贫的内生动力。如果没有脱贫志向，再多扶贫资金也只能管一时，不能管长久。在扶贫的路上，付凡平不想看到更多残疾人的希望被歧视的眼光扼杀在萌芽中。三年来，她利用自己在电商中的影响力免费组织举办了4期残疾人贫困户电商提升和孵化培训班，手把手指导60余人注册和开办网店，帮助他们自食其力。每期开课她都会请有名的励志讲师来给贫困户做励志演讲，因为她懂得扶贫必先扶志这个道理。

2018年，她的蒙恩扶贫基地被批准为省级扶贫示范基地。云辛果业合作社是由360户联合成立的，这几年已辐射带动周围10个村共1万多亩水果的销售，销售额年年攀升，还带动了当地15个村庄的60多户贫困户，300多名残疾人创业就业。2017年，这些贫困户的产业收入达到了4万元以上。

付凡平在采摘苹果

为啥公司和基地都要用"蒙恩"这个名字呢?付凡平经常说,家里出事之后,一直承蒙各界恩德,没有全县乡亲们给她家捐助的6万元,就没有今天的付凡平。

## 2

像付凡平这个名字一样,付凡平就是普普通通的一个人,是陕北千千万万妇女中的一个。她家在延安市宜川县云岩镇宜世村,小时家境优越,生活幸福。她自小爱美、聪敏、招人喜爱。18岁,本是花儿一样的年龄,她也像花儿一样对生活充满向往。但一场意外的火灾使她刹那间坠入地狱,她一夜之间失去了3位亲人。大火也烧掉了她灵巧的双手,毁掉了她的容颜。面部烧伤面积达80%,伤重的部分可见骨头……

付凡平迷迷糊糊三个月才清醒。当她看到自己的手,不敢相信这是

少女时期的付凡平

真的！当她第一次照镜子时，从小就特别爱美的她，胸口一热，就大口大口吐血，再次醒来已经是三天后的事了。

那时候，她觉得自己的人生就像一面镜子重重地摔在地上，摔得稀碎！她没有办法接受烧伤后的容颜和双手，整日以泪洗面，自卑、自闭，轻生的念头一直盘桓，多次寻死，都被父母阻拦下来。

是该顺从命运的安排，还是与命运抗争？

其实，人的念头的翻转是别人左右不了的，除非自己彻底想通了道理。

一次，自杀未遂晕过去的付凡平被父母撕心裂肺的哭声惊醒，这哭声瞬间让她清醒——父母把她从死亡线上一次次拉了回来，而自己却一次次伤他们的心。她决定要活下去，为了父母。她觉得，命运应该掌握在自己手中，正因为自己不完美，更要努力地活下去！

人活低了就按低的来！陕北黄土高原上的人，生存虽然艰辛，但骨子里却藏着豪情与胆魄，面对人生的无奈和困厄，这一句话是常常挂在嘴边的口头禅。

活,也并不是那么轻松。生存对付凡平来说不是从零开始,而是从负数开始。

失去了双手,基本上就失去了自理能力。她便从基本的走路开始练习,扶着床沿慢慢地学习走路。站起来,摔下去,再站起来,再摔下去……渐渐地,她开始走出家门,去镇上,去县上,想要再看看外面的世界。那时候,付凡平一路走去,迎来的都是诧异、恐惧的目光和各种议论,甚至同村人见了她也躲着走。

那时候的付凡平每天都围着围巾,不让人看到她的丑面孔。用了两年时间,其间,她的性格也多少受到了影响。

人生许多感悟和翻转都是偶然得来的。付凡平的这次"翻转"来自黄河壶口瀑布。有一天,煞费苦心的父亲央求熟人开车拉着女儿到了壶口。当天,春雨蒙蒙,万物滋润,付凡平的心里却是一片死灰。

父亲含泪说,娃呀,你就出生在这黄土原上,你就生长在黄河边,你要活出黄河的精气神。再大的困厄,都有这片土地担待,没有什么坎是不能过去的啊。

壶口瀑布发源于青藏高原雪山之巅的大河,及至宜川壶口,陡然收于一束,十里龙槽,湍如群牛奔腾,气势骇人!尘烟弥漫,如千军万马冲撞与撕咬,让世界战栗……立于岸边的观者两股战战,眼睛睁大,头发竖起来,额上的青筋跳蹦,视觉、听觉都经受着最大的冲击和撕扯!被俗世生活压迫而变得逼仄窄狭的心胸,受到壶口瀑布的震撼,也会瞬间开阔舒坦,生命之气喷薄而出……从而获取勇气和力量!

在壶口冲天的水雾和震耳欲聋的声响中,付凡平看到壶口瀑布的磅礴气势,想到黄河在黄土地上历经千里坎坷,不屈不挠地流向大海,她当场就被深深地震撼了,像被电击中一样浑身发抖。

雨丝忽然变大了,付凡平扔掉雨伞,不避不顾地站在雨中,浑身水淋淋的，泪眼滂沱，号啕痛哭……从小不服输不服人的劲头，在这一瞬间回到了身体里——她的精神重生了！

当付凡平决定好好活下来的时候，她就给自己说，身体残疾，决不能让心残疾。父亲当时最大的心愿是把她嫁出去，生一个孩子，那他就是死也能瞑目了。

付凡平和丈夫的感情始于怜悯。他的出现，让她鼓起生活的勇气。她认识左喜宏时，他30岁，自己20岁。当时，和她一起烧伤的哥哥下乡，在左喜宏家吃派饭，就觉得左喜宏家人特别好，人也憨厚，就有意把左喜宏带回家。

付凡平一直不见左喜宏。直到他第五次来，付凡平才和他见面。当时，付凡平让医生做手术把右手割开一条缝，便于把勺子绑在手上自己吃饭。通过这件事情，左喜宏觉得付凡平骨子里特别要强，就特别心疼她。

左喜宏身上有陕北男人特有的厚道。结婚后，他一个人在外打零工，每天早上走得特别早，晚上很晚才回来。每天早上走时他都会给付凡平冲两个鸡蛋，说："老婆，早上起来喝完。"他这样照顾了半年，付凡平就想着咋样能为他做点事情，不要成为他的负担。

1993年，付凡平怀上了孩子，左喜宏跟她说："我们要为孩子好好地活着。"但其实，身体原因加上怀孕，付凡平再次陷入负面情绪，她当时心里想的是等生下孩子，到他们能离开她时她就去死。

这个时候，村里一个小孩的母亲因为家庭纠纷去世了，留下了那个可怜的孩子。小小的孩子那惊恐的神情让付凡平知道没有妈的孩子真可怜，她看着心疼，这才慢慢打消了去死的念头……

真正彻底打消死的念头以后，付凡平做的第一件事就是给自己改名字。她以前叫付翻萍，那一场大火让她"死去"，又让她重生，也注定了她将有不平凡的人生，于是她就改名叫"付凡平"了。

一个女人，18岁时毁去了容颜，失去了双手，可以说是致命的。

但儿子的出生让家里多了欢乐，付凡平也终于不想去死了，心里有了念想，日子也有了奔头。慢慢地，生活步入正常轨道。付凡平也渐渐学着打理自己的日常生活。当然，付凡平也无助过，绝望过，呐喊过，但熬过无数黑暗的日子，最终，她选择与命运抗争。

平静下来的付凡平，经常一个人在田间地头游荡。她想，我得干点事了，决不能这样荒废一生。

人，只有努力才能证明自己的价值，才能凤凰涅槃，浴火重生。付凡平的新生活从扣第一颗纽扣开始！光秃秃的双手，稍一用劲就疼，重新学会扣纽扣，她整整花了两个月的时间；她学做饭，握不住刀、摁不住菜，掉了，捡起来，再掉，再捡起来……任何事，她都得一遍一遍地重复。凭着一股不服输的志气，她终于可以像正常人一样穿衣，整理家务，独立生活了。1993年，为了让家人过上好日子，付凡平开始学着给别人放羊，每天回来她鞋里都是血。过了一年，当她第一次赶着属于自己的羊群从60里外往回走时，虽然已经是深夜了，但她心里敞亮得很，她感到自己真正走上成长路了。

从1998年开始，村、乡采取措施，实行封山，不准羊上山，同时大力扶持舍饲养羊。1999年，付凡平卖掉了羊。

此时的付凡平夫妇有了钱，胆子也壮了——买了3个山头，还承包了300多亩荒地，一年四季都在地里忙活。

付凡平反思：与天斗，人永远不是老天爷的对手。在这地方，光靠种粮，肯定富不起来。但是你养羊，林子就长不起来。既然不能养羊，也不适合种地，那就干脆封山禁牧、退耕还林！

一开始，没钱栽树是个实际问题。陕北干旱严重，又是高海拔地区，土壤瘠薄、沙化严重，如果把普通的树栽到山上，长几十年还是小老头树，也不挂果。经过考察，付凡平决定种更适合当地的杏子和刺槐。为了省钱，她又决定自己育苗。

2001年，国家验收退耕还林成果，给付凡平兑现了11万元的补贴。

2012年，付凡平身体慢慢恢复了，她回到娘家包了几百亩山地，开始学习养土鸡。2013年，多地出现禽流感，听人说可能给人传染，付凡平就放弃了养土鸡，两年时间就这样白费了。

## 3

2014年，付凡平又满世界找项目。有一次，她坐公交车到武功县，无意间看见一个老头在手机上卖苹果，她观察了一路，试图和老头搭话，却始终没有鼓足勇气。最后，老头到站下车了，她也跟着下了车，直到走出了一站地，她才和他说上话。

老头了解到她的情况后说："做电商最适合残疾人。现在社会快速发展，'机'来了你不捉，能怪'机'吗？"

听了老头的话，付凡平似乎找到了方向。她当下就买了《如何做微店》《淘宝从0开始》两本书开始自学。

2015年，付凡平的老公在外打工时意外受伤住院。在这三个月时间里，她白天在山上看着人打核桃，晚上赶到医院照顾老公，瘦成了皮包骨。

这一年，付凡平家贷款3万元，被认定为贫困户。

付凡平开始做网店，以前的老客户都纷纷照顾她的生意，这不单单因为她是残疾人，最重要的是长期以来，她积攒下了信誉和口碑，这也正是她做生意的生命线。

"你不知道她有多难，拍一张照片经常要用一个小时，一用力手机就摔到地上，不用力又触摸不到屏幕。"与她一起创业的人说，付凡平如今能熟练地运用电脑、手机，都是她忍着伤痛，反复练习换来的。一点一点琢磨，一个客户一个客户用心维系，网店生意蒸蒸日上。就这样，付凡平终于还完了所有的欠账。

一路走来，她做了很多常人都很难做到的事，也承受了很多常人难以承受的委屈。周围的人对她都由同情变为了佩服。

她注册了"蒙恩农场"的商标，在淘宝上开了自己的网店，在镇上创办了云果飘香土特产专卖体验店，销售苹果、核桃、山桃、杏和小米、绿豆、豇豆等产品。靠这股"一根筋"的执着，付凡平不仅为家庭带来了可观的收入，还在生意场上积累了不少人脉，有了稳定的客源。

2016年，付凡平家终于脱贫了！经过几年，她从被扶户成长为公益爱心帮扶人，从农村妇女成长为公司、团队领头人，从一名普通人成长为全国的自强模范和全国农村青年致富带头人。

"没有生意人发愁，有了生意人也发愁！从2015年开始，我就像一个不停旋转的陀螺，全部时间都用来看货选货，接单发单，经常是到深夜还在奔波。"

做网店成就了付凡平。在外人眼中，付凡平也有了神秘的色彩，他们形容自己眼中的她这几年走过的路："2015年至2016年，看不起，看不懂"，"2019年至2020年，看懂了，追不上"。

付凡平带着团队看货选货

付凡平说,"以前觉得命运对自己不公,注定一生要走不平凡的路,现在想想,其实我就是个普通人,无论那场意外有没有发生,我都会做自己该做的事。每一个人,找到自己的位置,用心去做事,就都会活出'不平凡'的自己。"

付凡平感慨,没有党的好政策,像她这样一个残疾人能干什么?她经常想,全国有8500万残疾人,这么大一个群体,还有多少人走不出自己的阴影,多少人想自立但走不出家庭,多少人想创业没有产品,多少人有产品愁没销路?传统的农村交易主要采用面对面交易的方式,市场形态级别低,交易场地分散,规模小,交易效能低。而互联网的供需对接,避开了传统交易模式的诸多弊端,实现了消息互通,方便快捷,能让农村的产品适销对路,更好更快地走出乡村。

付凡平接下来的计划,是利用自己现在的影响力和凝聚力为残疾人干一件大事:打造一个为全国残疾人服务的网货供应商和网货基地平台——"山货严选",把残疾人聚到一起创业、就业。这个互联网平

正在直播卖货的付凡平

台,将采用公司化运作,自助式销售,与各地残联对接,号召残疾人加盟。有好产品的残疾人,平台帮他们对接销售渠道;没有产品的残疾人则可以在平台上销售产品赚取佣金。

付凡平觉得最幸福的事,就是看到一个一个残疾兄弟姐妹走出阴影,自食其力,自立自强,成长到可以用自己的爱心去帮扶别人。

付凡平从一个天天想死的人,变成了一个天天想活下去且活得精彩的人!

## 4

做电商让付凡平有了事业,而老公的呵护与爱,则让她成为一个让人羡慕的女人。

"有多大的肚子就端多大的碗!"农历己亥年腊月二十九,58岁的左喜宏坐在付凡平对面,眉头拧成疙瘩,言语中带着一丝埋怨和心疼。原来,妻子付凡平今年自对接了淘宝、天猫以及原产地农产品电子商务平台以来,因每个平台有自己一定的回款周期,加之陕北连续两次大雪封路,付凡平的资金周转出现了问题,支付了几个快递公司的快递费和果库工人的工资后,还差果农20万。

绞尽脑汁找熟人借贷,硬着头皮把想到的人都问了,但都说手头没有现金。儿子左杰从部队返家过年的喜气也没有冲淡全家乱草般的愁绪,三人枯坐无言。小小客厅,冰冷如旷野……

左喜宏后来对笔者说:"没有付凡平说的那般容易。她这女人,一辈子争强好胜,吃尽了人世间的大苦!这些,我最清楚不过了。"

那场火灾,周围几十里的人都是知道的。付凡平在这场意外中毁了容,失去了双手。当时,人们把她抬出来以为她烧死了,就放在露天的雪地里,零下十几度,放了一夜。第二天天亮,村里一个人打了一夜麻将回来,发现她的衣服在动,她还活着,这才吆喝人把她送到医院抢救。

"她这女人性格太要强,也好面子,我去了5次才见到她。见她第一面时,她让她妈把勺子绑在左手骨头茬茬上,强忍疼痛,不吭一声,坚持自己吃饭。学会了吃饭,她又学走路,就像孩子一样扶着炕沿蹒跚学步,每天走一小会儿,一个多月后才能不让人搀扶,自己走路了。"左喜宏说。

1992年,左喜宏和付凡平结婚,后来又生了儿子。付凡平为了给丈夫做饭,用两个坏手夹着刀切菜,使不上劲,刀频频掉落,就弄得她伤痕累累……一天,她切土豆时,刀又掉了下去,砍伤了她的脚,血流了一地,把她吓晕了。

左喜宏说:"我回去看见这情景,抱着她哀求她说,咱不要这样要强了好不好,你不要这样作践自己,今后有我吃的就有你吃的。说完这话,我哭了,她也哭了!"

1993年,付凡平看到别人在山间放羊,就试着用胳膊肘夹镢头掏土,用土块赶羊群,没想到,这一试竟然成功了,喜出望外的她连续几天跟着同村放羊人起早贪黑,上沟爬坡,成了名副其实的"羊倌"。

"你不知道她受的罪。造孽啊!你不亲眼见,你想象不到的——她腿关节不能打弯,但山路哪有平坦的呢,她稍微不注意就摔倒了,滚到沟里去了。她用两个手臂夹着拦羊的棍子,一天下来就冻僵了。放个羊,她全身都是伤口,稍微一活动,肉皮就会裂开,就不停地流血,皮肉就伴随着脓血一块块往下掉,有时还会露出骨头。晚上回家,血湿了鞋子湿了裤子是常有的事。"左喜宏唏嘘地说。

付凡平天天回来都跟左喜宏说要养羊,耐不过她的软磨硬泡,左喜宏拿出家里仅有的3000元钱,去60里外的村子买回20只羊。接下来的日子里,付凡平成了周围百里内放羊唯一的女人,她顾不上胳膊肘的疼痛,放羊、喂草,全身心投入这件事。

"别人家给羊喂玉米,我家喂黑豆,我在地里见缝插针种满了黑豆。很快,30只羊变成了60只,一年下来净赚10个羊羔。"左喜宏说,"我们还卖羊绒。因为喂黑豆,我们的羊绒好,也赚了不少钱。养羊不光给全家带来了较为富裕的生活,也更加坚定了我家脱贫的信念。1995年,争强好胜的她硬买了个电视。村里别家都没有电视,她就喜欢村里人在我家看电视,她觉得这样好。1997年,她买了村上第一个手机,摩托罗拉翻盖手机,其实就是证明我家有钱了。我妻哥骂她说你买手机你给谁打,说实话,她没有人可以给打电话,每月光交基本话费了。"

闲不住的付凡平后来还买了母牛养。1999年,他们家把卖羊掉了,卖了3万多元,一下子有钱了。

"她这人,一辈子都要走在人前头。有了钱,胆子也壮了,她自己做主买了三个山头,一个山头500元,还承包了300多亩荒地。山上都是黄土,种什么都长不好,种糜子、谷子,一亩地就产个100多斤粮;种玉米,一亩地也就200多元收入,越种越穷。我们就积极响应国家退耕还林政策,开始种树。"

刚开始种树,主要是种沙棘和柠条,后来又在沙棘林里种松柏树,还种了杏子和刺槐。左喜宏负责挖坑,付凡平负责栽树。后来左喜宏看付凡平两个胳膊整天血淋淋的,就雇了二十几个人一起栽树,付凡平给大家做饭。

2001年,政府一次性给退耕还林的农民发放了3年的钱粮补贴,每亩折算160元,此后年年都如期兑现。过去,辛辛苦苦劳作一年,每亩地的收入也是少得可怜。现在,不用上山耕种,政府还给补贴这么多钱,夫妻两人一下子像吃了定心丸。

"2002年，凡平在宜川县城开了一家手机店——当时宜川县城仅有两家手机店。店开起来了，可是有的客人一进店看到她的脸，就悄悄退出去了。她就到大街上去推销手机和手机卡。倔强的她嘟囔说：我要让全县人都知道，我虽然长得丑，但也敢在街上推销手机。之后，爱动脑子的她就跑到学校周边给家长和学生推销。刚开始，为了吸引客户，她还给人家送手机卡，一天白白送10张出去。谁知这一招还真有效果，第二个月，她就卖了200多张手机卡，看到有人也跟着她到学校做推销，她又把目光放到了农村。我们村有110个手机，有102张卡都是她卖出去的。就这样，一个村一个村的，她做了附近20个村的生意……"左喜宏说。

2015年，左喜宏自己打工时意外受伤，只能卧床，经济再度拮据的他们被定为精准扶贫的特困户。这期间，闲不下来的付凡平一直在琢磨着如何脱贫，她去做苹果代办，抛头露面，四处奔波……

付凡平在筛选优质产品

"这几年,家里情况好转,付凡平却花自己的钱去培训全县的残疾人,先后举办了4期残疾人贫困户电商培训班,让300多名残疾人受益。她还手把手地指导60余人注册和开办网店,花了自己十几万不说,费神的事情太多了,就连有的残疾人来基地培训不方便,她也要操心,在微信里给他们发路费。周围的熟人都想不通,她到底为了啥。"左喜宏感叹地说。

## 5

今年28岁的左杰长得白皙秀气,性格沉稳,因为小时候受母亲所派,去自强学校照顾过残疾少年张路两年,他还学得了一手按摩和做菜的本事。

"看我儿子多帅,他现在在部队工作,特别优秀。"搂着儿子,付凡平的眼神中透露着欣慰和自豪。

左杰给笔者透露了母亲鲜为人知的一件事:"张路是妈妈以前认识的一个失去双臂的男孩,年龄比我大6岁。当时我母亲在宝鸡贩卖玉米,听几个人说附近有个残疾娃很聪明很要强。他被电打了,失去了两条胳膊,如果没有一技之长,人生就毁掉了。了解了他的情况后,善良的母亲想到自己失去了两只手,一路自力更生的艰难奋斗历程,想帮帮张路,便让我去残疾人自强学校陪读,照顾张路的生活。当时,我也才上初二,也一直很不理解母亲为什么不顾所有人反对,坚决要亲生儿子去照顾一个非亲非故的人!"

"直到我进入部队,我才慢慢体会到母亲的良苦用心。你不知道,在那个自强学校里,近千名学生都是不同程度残疾的人。如果没有人去照顾张路,他就会辍学回到他的那个偏僻的山村,可能一辈子都立不起来了。而当时,让我去照顾张路,是母亲唯一的办法。对她来说,也没有更好的办法了。"左杰说,"母亲不光影响了我,更影响了很多普普通通的人。我在部队,经常给战友讲起母亲,他们都感动得流泪。母亲以身作则,对我有'五要':品行要端正,求学要勤奋,恶习要戒除,交友要谨慎,生活要艰苦。母亲是我一生学习的榜样。"

左杰说:"其实我妈得过两次癌症,我爸心小,我妈就一直瞒着他。母亲受了那么多苦,却从来不曾向命运屈服,倔强地活出了自己的光彩,这不是一般人能做到的。2008年,我外婆去世了,埋了我外婆,我妈就病了,吃一口吐一口,检查出来是胃癌。2009年,我妈瘦得失了形,体重不到34公斤了。在北京的医院看病时,癌症病房里的病人都愁眉苦脸的,陪床的人也是愁眉苦脸的,我妈受不了这气氛,让医院把她调整到整形科的病房里了。"

"我妈是一个很有主见的女人,她为了不让我爸知道她的病情,把我带到三亚,租了一个房子住,天天吃流食。为啥不回家,要到三亚?想来是母亲身体太虚弱了,受不了北京的寒冷,知道三亚暖和,就去了——我记得很清楚,当时北京下了很大的一场雪。我妈在三亚认识了一对来自山东的爷爷和奶奶,他们待她如亲生女儿,又认她做干女儿,现在还联系着。"

2018年9月,命运多舛的付凡平又查出来得了细胞癌,已经扩散到淋巴了。当听说自己又得了癌症,付凡平浑身发抖,脚也抬不起来了。

"但是我妈太强大了,很快就调整过来了。她给我说,她见医生前很精神的,知道诊断结果后就抬不起脚了,不是癌细胞扩散得这么快,是人的心理作用太强大了。如果天天想着自己得了癌症,再好的药也不会管用的。她边吃药边在医院打针,每天针一打完就给医院写请假条,去大明宫放风筝……奇迹发生了,这次,她又战胜了病魔。"左杰说,"在此期间母亲获得了'全国自强模范'称号,领奖回来又继续住院,周围的人都不知道我妈这一次又得大病了。"

2019年5月,付凡平的身体转好,停了药。她又起早贪黑,奔波劳碌起来，精气神一般年轻人都比不过。

一次次的努力和成功，让付凡平越来越自信，她说："人活着就是要靠自己，我不在乎别人怎么说，我就是要把自己的光景过好。"

在付凡平的办公室里，挂着近30个大大小小的奖牌。2020年3月，陕西省委办公厅印发《中共陕西省委办公厅关于开展向"三秦楷模"施秉银、付凡平同志和赵梦桃小组学习活动的决定》，号召全省干部群众和各行各业向"三秦楷模"付凡平等同志学习。付凡平成为脱贫攻坚风云人物。

付凡平推介小米

"母亲从不会对我讲述她的不易，但她面对困难不屈的品格深深地影响了我，她教会我在困难面前不退缩不逃避。部队生活从来都不轻松，可是每每想起我的母亲，我便有了克服一切困难的勇气。"左杰说，"母亲是向上向善的。她不愿意做一个普通的家庭妇女。颇有商业头脑的她坚持每天收听广播，了解新闻、政策，这激发了她的创业潜能。从1993年起，她养羊、承包荒山种树、开手机店、做苹果代办，四处奔波。因为经常要与外地客商打交道，操着一口宜川话的母亲便开始学习说普通话。她一有空就打开电视，跟着电视里的人念台词，很快，她就能用普通话和客商顺利沟通了。现在，她仍然坚持每天练习一小时的普通话。"

熟悉的人都知道，付凡平好强、爱美，总爱穿红色的衣服，戴艳丽的围巾。走向新生活的她不断更新知识，给自己充电，多次自费参加由商务部研究院举办的电商培训班、清华大学残疾人企业家培训班、陕西农村青年致富带头人高级研修班等等。参训参展费用达到了数十万元。

## 6

魏延安被付凡平称为"改变她命运的人"。他是陕西省果业中心主任，也是全国有名的农村电商研究专家，全陕西省经他培训、指点的农村电商不下万人。2015年，在宜川一次创业大会上，付凡平和魏延安初识，此后魏延安便成为付凡平的"免费顾问"。大到公司发展方向和战略，小到如何招聘到合格的电商人才，深感"本领不足"的付凡平打来电话咨询，魏延安都竭尽其所能地给出建议，不厌其烦。

"初识付凡平是2015年在宜川的一次创业大会上，她的报告给我留下了很深的印象，我当场给她打了高分。她这人肯学习，好钻研，能与时俱进，所以后来能在万千电商中脱颖而出。"魏延安说，"做电商是残疾人摆脱贫穷的捷径。付凡平不向命运低头，

付凡平收获苹果

走过平凡便是不凡！近期她的公司要搬到省城，以便于更好地进行业务洽谈，生产基地、仓库则放在陕北，这也是对的，符合商业和市场的规律。"

魏延安分析说，农村电商要适应电子商务发展的新趋势。当前电子商务发展出现了许多变化，还在传统电商道路上探索的农村电商应该要做出改变。像付凡平这样从农村迅速成长起来的电商，面临着许多挑战和"成长的烦恼"，瓶颈是思维、团队、管理和视野等各个方面。创业者如果小富即安，思想停滞，他们的事业也会停滞，这是商业自身的规律！

魏延安经常给"付凡平们"建议：不是开网店、在网上卖东西就叫搞电商。农村电商要打开视野看世界，思维一变天地宽，商机还有待深度挖掘。在今天这个时代，专业的事由专业的人做，把自己最擅长的领域做好，而不是盲目地追求全产业链、做"全能冠军"，这恐怕是农村创业者们应该思考的问题。

## 7

冬天的高原，静谧、肃穆，农历己亥年腊月二十九这一天，天蓝格莹莹的，阳光一片金黄，山山峁峁上白雪皑皑，阴坡的石岩上挂着一片片的冰溜。

付凡平一家和笔者再游壶口。多年前让付凡平震撼的壶口瀑布，在冬天依然水势不减，气势骇人。气温的降低使得壶口瀑布升起的水雾在两岸悬崖上、护栏上形成了奇形怪状的冰雕，龙槽水结成三四米厚的冰层，形成一片冰的世界！

付凡平戴着红色的围巾，边照相边说："以前水是浑浊的，冰瀑也是土黄色的。现在，河水碧绿，冰瀑晶莹剔透，这都是陕北退耕还林之功。"

付凡平的丈夫插话说，几年前，延安遭受百年不遇的强降雨袭击，一个月下了一年多的雨量，总降水量是往年的5倍。如果不是退耕还林，不是森林涵养水源的能力增加，延安一定会有很多地方会发洪水，给人们带来灾难。

寒冷的水花中，大家心里却涌动着暖流……

"公司的业务量增大，我想再招聘17名残疾人，制作陕北特色剪纸、雕刻、鞋垫等。"

"现在做电商的残疾人越来越多，我想做个公益平台，面向全国的残疾人，让他们把他们的好产品拿到我的电商平台去销售，增加残疾人的收入。同时，从每笔订单收益中拿出0.2元，投入中国残疾人事业中。"

言谈间，付凡平两个手机不时作响，订货的、谈合作的，她应接不暇。这位"从别人眼神里走出来"的倔强女人，已把目光投向更远的地方。

以前，她总是避免与人四目相对，用围巾遮住自己，怕自己的"丑"吓了别人；现今，她喜欢穿亮丽的衣服，围亮红色的丝巾，让自己更显自信、美丽……

# 结　　语

　　延安告别贫穷，何以世界为之震动？

　　因为，延安是中国革命的神圣之地，是中国共产党人的精神家园，是中国特色社会主义的时代窗口。延安整体脱贫摘帽，是中国共产党人初心和使命的绽放，了却了老一辈无产阶级革命的殷切期望，充分彰显了中国共产党领导和中国特色社会主义制度的优越性，更是党的十八大以来以习近平同志为核心的党中央推动中国减贫事业并取得历史性成就的标志和缩影。

　　2019年5月，革命圣地延安整体告别绝对贫困，贫困村全部退出，从沟壑纵横、生态脆弱、"最贫困的地区之一"变成了国家森林城市、卫生城市和优秀旅游城市。

　　延安，是继井冈山之后，全国革命老区实现脱贫摘帽的第二个地方，是对全国其他革命老区脱贫攻坚事业的强有力的鼓舞！

　　井冈山和宝塔山，一南一北，因一条二万五千里长的红飘带紧紧连在了一起。从井冈山的浓密竹林，到延安的山山峁峁，一座座美丽的幸福家园正在崛起……

　　为什么这片中国黄土高原上最贫瘠的土地，能在短短几十年时间里，解决千年来未能解决的贫困难题呢？在为延安的脱贫模式、脱贫道路致敬喝彩的同时，值得思考的命题就此诞生。

叩问历史和现实，延安脱贫的真正秘密是：生态文明理念逐渐成为延安人民的主流价值取向；生态涵养与产业开发良性互动成为"第一抓手"；"六个精准""五个一批"成为重要制胜法宝；发扬延安精神形成打赢脱贫攻坚战的根本动力；围绕扶持谁、谁来扶、怎么扶、如何退等问题，延安打出了一套组合拳——以退耕还林为主的"生态扶贫"，以苹果为主的"产业扶贫"，以及其他"就业扶贫""教育扶贫""电商扶贫""健康扶贫""异地搬迁扶贫""兜底扶贫""金融扶贫"等多个国家战略，因地制宜、因村因户因人施策，一个共同战场，互相铺垫，互为因果，实现了"多赢"。

加之，政府大力完善基础设施建设为脱贫攻坚助力——贫困地区农网供电可靠率达到99%，大电网覆盖范围内贫困村通动力电比例达到100%，贫困村通光纤和4G比例均超过98%。延安人民终于在3.7万平方公里的黄土沟峁间绘出一幅精美的脱贫工笔画……

延安，这个神奇之地，一直在创造历史，孕育希望。

中国共产党在延安十三年里，励精图治，探索社会的善治之道，政府蔼然，民众欣然，天下归心。

延安退耕还林二十年，肩挑背扛，一场波澜壮阔的"绿色革命"，赤地变青，黄河流碧，生态涵养，为世界提供了一个短期"生态修复"的成功样本。

## 中国样板

"中国奇迹"何以发生，成为全球减贫事业的历史之问。

按照西方的逻辑和传统认知，中国作为一个曾经的积贫积弱国家，既缺乏西方理论描述的发展腾飞所需的基本要素，又没有按西方发展路径选择发展模式，是不可能出现发展奇迹的，更不可能实现全面脱贫。

事实证明，这一认知和结论是严重的误判。中国人依靠自己的努力和奋斗，不但扭转了历史上积贫积弱的形象，而且逐步解决了困扰中国和世界几千年的贫困问题。中国的减贫实践精彩、生动，并具有世界意义。

环顾全球，实现全球减贫目标依然任重道远。为促进全球减贫事业，2000年联合国制定了千年发展目标，2015年联合国发展峰会制定了2015年后发展议程。当今世界仍然有7亿多人口生活在极端贫困之中，每年近600万孩子在5岁前夭折，近6000万儿童未能接受教育。贫困及其衍生出来的饥饿、疾病、社会冲突等一系列难题依然困扰着许多发展中国家。对很多家庭而言，拥有温暖住房、充足食物、稳定工作还是一种奢望。

中国一直是世界减贫事业的积极倡导者和有力推动者。一部中国史，就是一部中华民族同贫困作斗争的历史。全世界很多地方扶贫多采用"救济式"扶贫方式，发钱、发物资……但是中国在改革开放以后，通过帮助农民发展各种产业，使他们富裕起来。将"救济式"扶贫发展为"开发式"扶贫，走出一条中国式扶贫道路，这是中国扶贫经验当中最实际、最突出的一条。

改革开放四十多年来，中国有8亿多人摆脱贫困，对世界减贫贡献率超过70%。过去的八年，打赢脱贫攻坚战始终是中华民族伟大复兴的核心要务，平均每年有1000多万人脱贫，相当于一个中等国家的人口脱贫。就在2020年年初，中国还有551万农村贫困人口，52个贫困县，剩余的贫困县和人口，贫困程度深、自然条件差、致贫原因复杂，都是难中之难、贫中之贫。

2020年，中国努力克服疫情影响，实现现行标准下农村贫困人口全部脱贫，提前十年实现联合国《2030年可持续发展议程》的减贫目标，脱贫地区经济社会发展大踏步赶上来，整体面貌发生历史性改变。全球没有哪一个国家能在这么短的时间内实现几亿人脱贫，这个成就，赢得了国际社会的关注和赞誉，足以载入人类社会发展史册。

八年间，累计300多万名驻村干部、第一书记和数百万名基层工作者奋战在没有硝烟的战场。截至2020年年底，1800余人牺牲在脱贫攻坚一线，他们将生命定格在了扶贫的战场，改天换地，以身许国。

中国脱贫攻坚的成功经验可以概括为：加强党的领导是根本，把握精准是要义，增加投入是保障，各方参与是合力，群众参与是基础。这些经验铸就了中国式减贫的奇迹，在世界减贫史上留下了深深的中国印记。中国成功走出了一条中国特色的减贫道路，形成了中国特色的反贫困理论，创造了减贫治理的中国样本。

中国的扶贫政策作用、群众主体作用、扶贫干部的作用、市场的作用，既是实践创新，又是理论创新，为人类共同建立起更加和平、繁荣的世界作出了贡献！

## 巩固与拓展脱贫攻坚成果

脱贫摘帽不是终点，而是新起点。巩固拓展脱贫攻坚成果同乡村振兴有效衔接，既重要又紧迫！

2021年2月25日，在迎来中国共产党成立一百周年的重要时刻，党中央召开全国脱贫攻坚总结表彰大会。

大会上，习近平总书记抚今追昔，从全面建成小康社会、实现第一个百年奋斗目标的战略高度，充分肯定了脱贫攻坚取得的伟大成绩，深刻总结了脱贫攻坚的光辉历程和宝贵经验，并对全面推进乡村振兴、巩固拓展脱贫攻坚成果提出明确要求。

习近平总书记指出，"我们要切实做好巩固拓展脱贫攻坚成果同乡村振兴有效衔接各项工作，让脱贫基础更加稳固、成效更可持续"，

"适时组织开展巩固脱贫成果后评估工作,压紧压实各级党委和政府巩固脱贫攻坚成果责任,坚决守住不发生规模性返贫的底线"。

逆水行舟用力撑,一篙松劲退千寻。

目前,尽管群众生活水平已经有了大幅度提高,经济欠发达地区数据已经达到了脱贫要求,但毕竟刚迈入"脱贫队列",刚刚实现脱贫的地区和群众还存在着返贫的风险,脱贫摘帽无法保证一劳永逸。

同时,我国发展不平衡不充分的问题仍然突出,巩固拓展脱贫攻坚成果的任务依然艰巨,城乡区域发展和收入分配差距较大,农业基础还不稳固,民生保障存在短板,脱贫地区产业基础薄弱、单一,脱贫人口经济、人力、社会资本不足。在此背景下,做好稳固脱贫基础、提升脱贫成效的工作依然极端重要,须臾不可放松。脱贫攻坚的成果需要我们的巩固,需要长期、持续的用力。

巩固拓展脱贫攻坚成果,关键词是"巩固"和"拓展"。"巩固"是要求不出现规模性返贫,"拓展"是要求在稳定脱贫的基础上,解决多维贫困、相对贫困问题,推动共同富裕取得更为明显的实质性进展。

2021年5月,中共中央办公厅印发了《关于向重点乡村持续选派驻村第一书记和工作队的意见》,国家向重点乡村持续选派驻村第一书记和工作队,从源头上解决乡村振兴不会抓、缺人抓的问题。

同时,全国将适时组织开展巩固脱贫成果后评估工作,压紧压实各级党委和政府巩固脱贫攻坚成果责任,坚决守住不发生规模性返贫的底线;健全防止返贫动态监测和帮扶机制,对脱贫不稳定人口和边缘易致贫人口做到早发现、早干预、早帮扶……防止返贫和产生新的贫困;对摆脱贫困的县,从脱贫之日起设立五年过渡期,过渡期内保持主要帮扶政策总体稳定;逐步实现由集中资源支持脱贫攻坚向全面推进乡村振兴平稳过渡……

## 走向乡村振兴

新起点上再出发，中国要全面推进乡村振兴。

站在"摆脱贫困"这一新的历史起点上，中国共产党的"三农"工作重心将发生历史性转移——全面推进乡村振兴，解决发展不平衡不充分问题、缩小城乡区域发展差距、实现人的全面发展和全体人民共同富裕。

乡村振兴战略是习近平同志2017年10月18日在党的十九大报告中提出的一项重大战略，是关系全面建设社会主义现代化国家的全局性、历史性任务，是新时代"三农"工作的总抓手。这是党中央作出的重大决策，是"十四五"时期"三农"工作的主题主线，必将带来农业大发展、农村大变化。

十九大报告指出，农业农村农民问题是关系国计民生的根本性问题，必须始终把解决好"三农"问题作为全党工作的重中之重，实施乡村振兴战略。

乡村兴则国家兴，乡村衰则国家衰。我国人民日益增长的美好生活需要和不平衡不充分的发展之间的矛盾在乡村最为突出。全面建成小康社会和全面建设社会主义现代化强国，最艰巨最繁重的任务在农村，最广泛最深厚的基础在农村，最大的潜力和后劲也在农村。乡村是具有自然、社会、经济特征的地域综合体，兼具生产、生活、生态、文化等多重功能，与城镇互促互进、共生共存。

2018年3月5日，国务院总理李克强在政府工作报告中讲到，大力实施乡村振兴战略。

2018年5月31日，中共中央政治局召开会议，审议《国家乡村振兴战略规划（2018-2022年）》。

2018年9月，中共中央、国务院印发了《乡村振兴战略规划（2018—

2022年）》，并发出通知，要求各地区各部门结合实际认真贯彻落实。

2020年10月，站在新的历史起点，党的十九届五中全会指明了前进方向和奋斗目标。全会进一步强调，要全面推进乡村振兴，加快农业农村现代化。

2020年年底召开的中央农村工作会议，向全党全社会发出明确信号：全面建设社会主义现代化国家，实现中华民族伟大复兴，最艰巨最繁重的任务依然在农村，最广泛最深厚的基础依然在农村。

2021年2月21日，21世纪以来第18个指导"三农"工作的中央一号文件正式出炉，全面推进乡村振兴的号角已经吹响。一号文件的主题是"全面推进乡村振兴加快农业农村现代化"，把乡村建设摆在社会主义现代化建设的重要位置，全面推进乡村产业、人才、文化、生态、组织振兴，走中国特色社会主义乡村振兴道路，促进农业高质高效、乡村宜居宜业、农民富裕富足。

2021年3月，中共中央、国务院发布了《关于实现巩固拓展脱贫攻坚成果同乡村振兴有效衔接的意见》，指出打赢脱贫攻坚战、全面建成小康社会后，要在巩固拓展脱贫攻坚成果的基础上，做好乡村振兴这篇大文章。

2021年4月29日，十三届全国人大常委会第二十八次会议表决通过《中华人民共和国乡村振兴促进法》。

……

《求是》2021年第4期刊发了一篇文章，标题为《人类减贫史上的伟大奇迹》，文章署名"中共国家乡村振兴局党组"——这是国家乡村振兴局正式对外亮相，意味着"国务院扶贫办"成为历史，也意味着"国家乡村振兴局"已接过历史接力棒。

3月2日下午，国务院新闻办公室举行国务院政策例行吹风会。国家乡村振兴局副局长洪天云在会上介绍下一步乡村振兴局的7项工作重点：

第一，保持帮扶政策的总体稳定，严格落实"四不摘"的要求。要让老百姓吃"定心丸"，保持现有的帮扶政策、现有的资金支持和帮扶力量总体稳定。如驻村第一书记，这也属于帮扶力量之一，要保持稳定。

第二，一定要把防止返贫监测和帮扶机制健全完善起来。继续对已经脱贫的县、脱贫的村、脱贫的人口开展监测；持续跟踪收入变化、"两不愁三保障"和饮水安全问题。对于易返贫致贫人口做到早发现、早干预、早帮扶。

第三，持续壮大帮扶产业，继续加强脱贫地区的产业发展以及基础设施建设。

第四，做好脱贫人口的稳岗就业。加大对脱贫人口职业培训力度，发挥东部地区岗位需求量大的优势，脱贫地区还要按照之前好的做法和好的经验，继续把培训合格的劳动力输送到东部地区和需要的地区，让劳动力发挥作用，稳定增收。

第五，做好易地扶贫搬迁后续帮扶工作。现在是解决了搬得出的问题，下一步能不能稳得住，能不能真正致富还有大量的工作要做，包括产业、就业、公共服务、社会社区治理、社会融入等等。

第六，加强扶贫项目资产管理，建立起全资产管理的制度，持续发挥效益。

第七，兜住民生底线，特别是开创公益性岗位，解决弱劳力、出不了远门相对困难家庭的劳动力就业增收，让他们在这方面得到好处，真正能够长远受益。

我们看到，从2018年组建农业农村部、中央农村工作领导小组办公室设在农业农村部，到现在国家乡村振兴局的成立，中央和国家机关层面一直在持续发力，加强党对"三农"工作全面领导、全面推进乡村振兴的机构改革。

## 恰是风华正茂时

中国共产党是世界上最大的马克思主义执政党,在最大的社会主义国家执政七十多年,始终保持着蓬勃朝气、昂扬斗志,如今拥有9100多万名党员,越来越充满生机活力。

民族要复兴,乡村必须振兴。实施乡村振兴战略,是解决新时代我国社会主要矛盾、实现"两个一百年"奋斗目标和中华民族伟大复兴中国梦的必然要求,具有重大现实意义和深远历史意义。

历史照亮未来,征程未有穷期!

中国共产党将继续为世界减贫工作作出新的尝试和探索,为携手共建人类命运共同体贡献中国智慧。

在中国广袤的大地上,一幅幅乡村振兴的蓝图,将接续传递,次第展开……

大党百年,恰是风华正茂时!

# 后　　记

　　这本试图全面梳理延安脱贫攻坚战和打赢经验的书，因题材特殊而宏大，作者先后十余次赴陕北深入采访，并数次修改。

　　书的缘起是——2020年4月，陕西省对开展"全国最美奋斗者"报告文学创作工作进行了统一安排，以"名家名作、原创原作"为原则，对8名个人和2个集体的拼搏奋斗过程进行挖掘采访，推出了一系列高质量的报告文学作品。这些"最美奋斗者"异彩纷呈的脱贫故事，对"幸福都是奋斗出来的"作出了最完美的诠释。按照省上安排，我的采访对象是延安市黄陵县索洛湾村党支部书记柯小海。此后，我在陕西师范大学出版总社董事长兼社长刘东风陪同下前往索洛湾采访，挖掘到整个村庄精气神的变化根源和发展核心理念，首次提炼出"集体主义是索洛湾的灵魂"的理论观点。《索洛湾答卷》在《人民文学》2021年第1期推出，产生了很好的反响。

　　索洛湾的采访任务结束了，但是在这些采访过程中，我的视野却被放大了，于是自加压力，以蜉蝣撼大树的信心和决心来写整个延安的脱贫攻坚战役。众所周知，延安是中国革命的圣地，是中国共产党人的精神家园，因此备受全国甚至世界关注。尤其是陕北在解决资源开发与环境保护的矛盾方面所进行的长期实践，为"发展与保护"这一世界性的课题作出了具有重大现实意义的探索，再难也值得写。

随着采访深入，我越来越感知到延安的脱贫攻坚不是一蹴而就的：延安与贫困有组织的搏斗史近百年、延安退耕还林整整二十年、延安的苹果产业七十多年，加上2013年国家提出的"六个精准""五个一批"精准脱贫整整八年……如果只写延安近八年来的奋斗，明显不完整不全面，或者说是有缺陷的。

常人看到的是事物表面，而作家要看到更深层次的、更远的东西。延安脱贫成功，其实是一个综合工程，打了一套组合拳——以退耕还林为主的"生态扶贫"，以苹果为主的"产业扶贫"，以及其他"就业扶贫""教育扶贫""电商扶贫""健康扶贫""金融扶贫"等多个国家战略，一个共同战场，互相铺垫，互为因果，实现"多赢"。所以，将这本书的主题调整为《国家战略——延安脱贫的真正秘密》，作品的深度和高度提升了，成为目前系统梳理延安脱贫经验的唯一的作品。

我在书里总结、提炼出延安打赢脱贫攻坚战的深层次原因是：生态文明理念，逐渐成为延安人民的主流价值取向；生态涵养与产业开发良性互动，成为延安脱贫攻坚的"第一抓手"；发扬延安精神，形成了延安打赢脱贫攻坚战的根本动力！如果没有对延安脱贫深层次地了解和理解，我就不会有这么多的感悟，也没有这本书主题的变化——这是我创作这本书的一个收获吧。

还记得有一次在延安采访时，我站在仙鹤岭冯森龄先生艺术纪念碑前，拂掌镌刻着"人民记者"字样的黑色花岗岩，同为记者，我心中不由得感慨万千：他一生为新闻事业奔走，为广大人民群众发声，为脚下的这片土地呐喊。多少年过去了，延安人民始终没有忘记他！五年前，延安人民在仙鹤岭名人文化园广场建成冯森龄先生艺术纪念碑，以供时时瞻仰。当天，初冬的仙鹤岭寒气逼人，现场却一片庄严肃穆……冯森龄同志是1938年参加革命的"老延安"，是一位长期从事新闻工作的老战士。1978年初夏，年近六旬的冯森龄先生刚刚就任新华社陕西分社社长，他回到阔别多年的第二故乡延安调查研究，沿着当年毛主席转战陕北时走过的路线，遍访了9个县，走过了无数的田间地头，采访了众多的老百姓。月余的艰苦深入调查，他冒着极大的风险写了5篇《延安调查》，向党中央如实反映了延安人民过着"糠菜半年粮"的贫困生活。从此，党中央不仅减去陕北地区公购粮任务的一半，并每年向延安拨5000万元的扶贫资金，为革命老区人民脱贫致富增加了活力，延安人民的生活生产水平逐日改善。

光阴荏苒，我在采访中发现，延安的干部群众无不对这位为党和人民的利益讲真话、办实事的好记者充满感激之情。这些感人的故事和细节，待在书斋里是感受不到的。不去现场、不在人群里广泛地采访、不在时代的进程中静心体验、领会，作品和读者之间也就永远隔着一层障碍。

回过头来看，支持我写完这本书的动力，是对新时代真心的热爱！改革开放四十多年来，中国有8亿多人摆脱贫困。过去的八年间，中国832个贫困县全部摘帽，近1亿贫困人口实现脱贫。这就是当代发生在中国的故事。

创作这本书的过程中，我心中不能遏制的激情沉淀为一篇篇大大小小的文章，陆续在"学习强国"平台、《人民日报》、《光明日报》等重要媒体上集中刊发，引起社会关注。我深深感悟到作家的"四力"（脚力、眼力、脑力、笔力）是写出优秀现实文学作品的重要保证。创作中，能量也是守恒的，只有真正付出了，跑到了，用心了，用力了，用情了，作品才能有分量，才拥有感染人、打动人的能量。比如《延安著好色　山青不负人》《两把镬头两代人　林地花海南泥湾》《"树痴"40年栽了20万棵树》《凡平的苹果》《草木共生》《树和和树》等文章，用"延安变颜色""陕西绿色向北推进400公里"等形象的语言，展示了"退耕还林"这个世界最大的生态工程，终于变荒山秃岭为绿水青山、变绿水青山为金山银山，以及陕北农民的思想观念、生产方式、生活方式发生的根本性转变；展示了中国生态文明思想、绿色发展理念，展示了中华民族实现人类命运共同体的责任与担当……时代大潮浩浩荡荡，这些文章和文章中的典型只是时代大潮中的一个小小浪花！滴水藏海！我书写的索洛湾故事、延安故事、陕西故事，其实就是决战决胜脱贫攻坚中的中国故事！

一滴水里观沧海，一粒沙中看世界！在这本书里，我尝试性地用了一种创新型结构，每一个章节都采用"时代大潮+滴水藏海"的模式，前部分是当下发生在中国风起云涌、不可阻扼的时代潮流，后半部分则采撷典型的人物来点睛。

四十三年前，人民记者冯森龄用《延安调查》，向党中央如实反映了延安人民的贫困问题，犹如晴天霹雳，振聋发聩；四十三年后的《国家战略——延安脱贫的真正秘密》，则是中华人民共和国一系列国家战略在革命圣地延安的答案！

此书得到陕西省委宣传部、陕西省作家协会、延安市委宣传部、延安扶贫办、陕西师范大学出版总社、西安报业传媒集团领导的关注和支持，感谢之情铭记在心，在此不一一列举。

特别感谢：延安市委宣传部、延安市扶贫办、吴起县全国退耕还林展览馆、著名摄影师肖童、南泥湾镇干部苏婷提供了大量珍贵的资料图片。

2021年6月7日

1